# Heinzelmännchen reloaded

*Satirische Kurzgeschichten*

*von Jo Hagen*

Jo Hagen, Köln

jo.hagen@gmx.de

www.jo-hagen.de

2. Auflage 2019

© 2017 Jo Hagen

Herstellung und Verlag:

BoD – Books on Demand, Norderstedt

ISBN 978-37460-3796-7

Oft ist Satire Wirklichkeit.

Noch öfter ist jedoch
die Wirklichkeit reinste Satire!

## Über den Autor:

Mitte des letzten Jahrhunderts dort geboren, wo sich Sauerland und Ruhrgebiet umarmen – wie der Name schon sagt.

Leidenschaftliche Ausübung des Berufes als Werbefachmann in verschiedenen Segmenten der Werbung, des Marketing und Public Relations bis Vertrieb.
Hier Entdeckung des Schreibens als Überzeugungsinstrument.

Schreibt jetzt, als Wahlkölner, ohne Sachzwänge und Kundenbefindlichkeiten Texte wie er sie mag. Kurzgeschichten wie aus dem prallen Leben oft mit unfreiwilliger Alltagskomik. Ironie, Satire mit manchmal nachdenklichen Zügen.

In Köln ist er als Stadtführer Schäng bekannt.
Mitglied im Autorenforum Köln

Von Jo Hagen ist auch erschienen:
**Krieg der Tollitäten**
Romansatire
über die Höhen und Tiefen des Vereinskarnevals
Marzellen Verlag, Köln
ISBN 978-3-937795-51-5

# Inhalt

# Heinzelmännchen reloaded

*Die wahre Geschichte der Heinzelmännchen von Köln.*

Damals, als im Siegerland und im Bergischen Land noch Erz geschürft wurde, eigneten sich die kleinen Männer gut, um tief in die niedrigen Stollen und engen Schächte einzusteigen. Sie schleppten tagein, tagaus das ständig eindringende Wasser in Kübeln und Bottichen hinaus, das nannte man Heinzen. Es war eine Kunst, das Wasser zu beherrschen. Denn das Wasser konnte, sofern man es nicht aus den Gruben hinausbeförderte, kanalisierte und ableitete, insbesondere nach starken Regenfällen, die ganze Grube unbrauchbar machen. Dazu gab es die Heinze. Die Heinze waren Spezialisten, doch jetzt, mit den modernen, großen, von Pferden angetriebenen, hölzernen Zahnrädern, den Pferdegöpeln, wurden viel größere Mengen Wasser zuverlässiger und schneller aus der Grube schaffen. Ein Heinzemann nach dem Anderen wurde arbeitslos.

Tief in einem Stollen saßen drei Heinzemänner zusammen und machten Pause.

„Wir verhungern noch alle, wenn das mit den Rationalisierungen so weitergeht.", sagte der Heinzemann mit der roten Nase.

„Ja, in der Nachbargrube haben sie bereits alle Heinzemänner betriebsbedingt ohne Abfindung entlassen. Die sind in den Wäldern verschwunden und kratzen jetzt das Hartz IV von den Bäumen. Davon kann man nicht leben!", sinnierte der Heinzemann mit den krummen Beinen.

„Unsere Gewerkschafter sehen tatenlos zu, wie man immer mehr Arbeitsplätze wegrationalisiert", zischte der Heinzemann mit dem breiten Gürtel. „Man müsste den Einsatz von Pferdegöpeln kontingentieren.", rief der Rotnasige mit geballter Faust.

„Vielleicht sollten wir einen Warnstreik ausrufen und die Arbeit einen Tag ruhen lassen", meinte der Krummbeinige „Wir müssen Zeichen setzen."

Misstrauisch drehte sich der Breitgegürtete um und spähte in die Dunkelheit des Stollens. Dann winkte er die beiden anderen näher zu sich heran und dämpfte seine Stimme. „Mein Schwager hat mir erzählt, dass immer mehr von uns in wirtschaftsstärkere Regionen abwandern. Hier ist Entwicklungsland in der Phase der Vorindustrialisierung. Die Chancen für den Erhalt unserer Arbeitsplätze stehen schlecht."

„Aber wir können doch nur Heinzen und werden h i e r gebraucht, andere Regionen haben keine Bergwerke mit so schmalen Stollen!", wandte Rotnase ein. „Ja, unsere Körpergröße ist genau auf die engen Schächte und Stollen ausgelegt. Für andere Regionen sind wir inkompatibel", bestätigte Krummbein.

Breitgurt schüttelte den Kopf und wedelte dabei mit dem ausgestreckten Zeigefinger herum. „Mein Schwager hat die Kunde, dass man in K ö l n ...", er hauchte das Wort Köln nur, drehte sich dabei abermals misstrauisch um – „... in Köln nachts arbeiten kann, bei freier Verpflegung und Taschengeld. Allerdings darf man sich nicht tagsüber auf der Straße sehen lassen."

„Was arbeitet man dort, wenn man nur das Heinzen beherrscht?", fragte Rotnase.

„Nun, als ungelernte Fachkräfte im Handwerk, als Zimmerleute, Schreiner, als Bäcker, als Brauer oder Küfer und als Metzger."

„Aber diese Handwerke können wir doch alle nicht, wie sollen wir sie dann ausüben? Wir sind nicht ausreichend qualifiziert für diesen Arbeitsmarkt", meinte der Krummbeinige.

„Ja," schaltete sich der Rotnasige ein, „und die Zünfte lassen uns bestrafen und aus der Stadt hinauswerfen. Ich habe gehört, wer da illegal eingewandert ist und keine Arbeitsgenehmigung vorweisen kann, wird nach Düsseldorf abgeschoben."

„Ssscht, nicht so laut." Breitgurt blickte abermals über die Schulter zurück in die Dunkelheit des Stollens, weil er befürchtete, dass der Steiger kommt. Dann sagte er leise: „Man darf sich eben nur in der Dunkelheit draußen aufhalten. Die sollen dort aber pro Stunde deutlich besser bezahlen. Außerdem gibt es noch andere Arbeit: Bratklopse herstellen, die werden dort in Sesambrötchen gesteckt und gut verkauft, oder in den Brauhäusern Rosen verkaufen, Zeitungen austragen, oder im China-Restaurant in der Küche helfen. Ich selbst werde auswandern und vielleicht nach einiger Zeit einen Kiosk oder eine Dönerbude aufmachen."

„Bist du verrückt?", sagte da leise der Krummbeinige, wobei seine Halsschlagadern anschwollen, „Das bedeutet illegales Einwandern über den Rhein! Der Fluss soll gefährlich sein und die Flüchtlingsboote sind überfüllt, werden aufgebracht oder kentern. Wenn du Glück hast und überlebst, kommst du in ein Lager für Immigranten und sitzt da jahrelang fest, bevor du abgeschoben wirst!"

„Ach – du hast Dich also auch schon erkundigt?", fragte erstaunt der Breitgürtige, „Ich kenne da jemanden, der mich hinüberschleusen will, das Geld für die Überfahrt habe ich schon zusammengekratzt. Morgen Nacht breche ich auf, es geht so nicht weiter. Vielleicht kann ich meiner Familie, dann jeden Monat ein paar Geldstücke schicken."

„Wenn ich ehrlich bin, ich habe es auch satt. Mir hat man heute Morgen gekündigt. Ab morgen ist für mich hier Schicht und ich weiß nicht, wie es weitergehen soll. Ich glaube, ich komme mit", gab Krummbein jetzt kleinlaut zu. „Das ist nicht zu glauben, ihr also auch? Dann lasst uns handeln, bevor der große Treck losgeht."

Die drei verschwanden am nächsten Tag, überwanden den Rhein in einem Flüchtlingsboot, das als Zweier mit Steuermann getarnt war, und verdingten sich nachts bei einem Schneider für einen Hungerlohn. Sie erlernten dabei das Handwerk, fanden heraus, dass Anson, H&M, C&A, Zara, Aldi und Lidl die größten Abnehmer waren.

Bis Frau Spelter von der Ausländerbehörde aus der interdisziplinären Arbeitsgruppe von Zoll, Arbeitsamt, Ausländer- und Finanzbehörden im Rahmen einer Razzia unverhofft die im Keller liegende Schneiderstube betreten wollte und ihr die drei auf der Treppe, beim Fluchtversuch, entgegen kamen. Vor Schreck fielen sie laut polternd die Treppe hinunter. Unsere drei wurden nach Düsseldorf abgeschoben, wo sie die Modemesse gründeten und seither Kleidung in China und Bangladesch fertigen lassen.

Das ist die wahre Geschichte der Heinzelmännchen von Köln!

**Alles andere ist Legende.**

# Sponsorentorte

Das Opernhaus in Chemnitz war nach langem Umbau, mit Baustopp und Neuplanung, weil die Wende neue Möglichkeiten eröffnete, im Dezember 1992 fertig gestellt. Seit 1991 hatten wir an der Kommunikationskampagne gearbeitet. Die Stadt war in Erwartung der ersten Premiere im neuen Haus. Die Stadt und das Land Sachsen waren Stolz auf die neue Oper, die in den alten Außenmauern erstanden war. Die Stadt und das Land hatten ein Symbol des Neuanfangs.

Die Plakate für den Parsifal waren geklebt, die eintausend Festgäste waren geladen, die Journalisten aus ganz Deutschland und dem benachbarten Ausland hatten sich angemeldet. Da kam mir eine Idee: Neben dem kalten Büffet zur Eröffnungsfeier würde sich noch eine mehrstöckige repräsentative Torte, vielleicht obenauf mit einem kleinen Opernhaus, sehr gut machen. Im Kontext der gesamten Maßnahmen ein kleines, aber liebenswertes Detail.

Spontan griff ich zum Telefon und fragte beim Meister der Konditoreninnung an. Meine Idee fand die nötige Gegenliebe und ein persönliches Gespräch wurde vereinbart. Meine Erwartungen wurden in dem Gespräch noch weit übererfüllt, denn der Konditorenmeister war bereit, die Torte noch größer und schöner, mit noch mehr Stockwerken und einem Opernhaus in respektvoller Größe aus Marzipan anzufertigen.

Meine bange Frage, was das kosten würde, beantwortete er damit, dass er das als Übungsaufgabe für seine Lehrlinge sehe und die Torte als Sponsoring verstehe … ein Stein fiel mir vom Herzen … aber er wolle ein Foto mit sich und einer Persönlichkeit, die diese Torte offiziell anschneidet.

Ich versprach ihm, ich wolle mich darum kümmern, die Zeit für schriftliche Anfragen aber zu weit fortgeschritten sei, ich darum am Eröffnungsabend eine entsprechende Person finden müsse. Wir waren handelseinig.

Am Eröffnungsabend zeigte Sachsen, was es an neuem Glanz und Gloria zu bieten hatte. Prominenz aus Politik, Wirtschaft und Kultur gaben sich ein Stelldichein. Damen mit edlen Roben und gleißendem Schmuck, die Friseure hatten Überstunden geschoben. Die Herren standen in ihren dunklen Anzügen etwas gerader als sonst und zogen die Bäuche ein. Der Chemnitzer Oberbürgermeister hatte einen neuen Smoking in sächsischem Grün bekommen, auf dem die Amtskette besonders gut zur Geltung kam.

Und dann kam seine Majestät König Kurt, der sächsische Ministerpräsident Biedenkopf. Blitzlichter flammten auf, alle Augen richteten sich auf ihn und seine Frau, die Mitregentin. Ich ging auf Biedenkopf zu und begrüßte ihn. Dann bat ich ihn und seine Frau – bei Biedenkopf musst man immer seine Frau mit ins Boot holen, sonst lief gar nichts – nach der Parsifal-Premiere unsere Torte, die bereits in der oberen Etage des Vestibüls stand, anzuschneiden. Biedenkopf lehnte ab, er sei etwas indisponiert und fahre, wenn der Vorhang gefallen wäre, gleich heim. Dann ging er weiter, drehte sich aber auf den untersten Stufen der großen Freitreppe nochmals um und mit einer geringschätzigen, wegwerfenden Handbewegung sagte er zu mir: „Kann Frau Merkel machen!"

Frau Merkel, als Referentin im Bundeskanzleramt, unscheinbar und für mich damals eine unbefriedigende Notlösung, machte es!

In einer Konditorei in Chemnitz hängt ein Foto mit einem Zeitungsausschnitt, auf dem der Inhaber mit der heute amtierenden Bundeskanzlerin beim Anschneiden einer Torte im Dezember 1992 zu sehen ist. Sponsoring zahlt sich eben irgendwann aus!

# Zeitmaschine

Zeit ist etwas sehr Kostbares. Zeit kann man nicht dehnen oder abkürzen. Die Zeit läuft für alle Menschen kontinuierlich, regelmäßig, Sekunden um Sekunde, Minute für Minute, Stunde um Stunde. Das subjektive Gefühl, die Zeit manipulieren zu können, drückt sich in Begriffen wie 'die Zeit lang werden lassen', 'Zeit abkürzen', 'Zeit einholen' aus. Wir wissen alle, dass das nicht geht. Trotzdem versuchen wir, Zeit zu sparen oder Zeit zu gewinnen. Dazu bräuchten wir eine Zeitmaschine. Und die scheint jetzt erfunden.

Ein Nachbar überreichte mir kürzlich mit generöser Geste, sein Stolz war nicht zu übersehen, ein kleines Tütchen. „Kräutersalz", sagte er, „aus eigener Herstellung." Ich sah ihn etwas ratlos an, denn ich hatte in unserem Wohnumfeld bisher noch keine Saline gefunden. „Mit unserem neuen Thermomix," erklärte er mit verschwörerischer Miene, „in nur zwei Sekunden!" Er erwartete wohl ein ungläubiges Staunen, doch ich hatte eher einen verständnislosen Gesichtsausdruck. „Eine wahre Wundermaschine, mit der man komplette Mahlzeiten herstellen kann. Meine Frau liebt die Maschine. Wir machen alles damit. Eben auch Kräutersalz in zwei Sekunden." Artig bedankte ich mich.

Abends auf der Vernissage, nachdem die Bilder und die Intellektuellen bewundert, das erste Sektglas geleert, die Platten mit dem Fingerfood leergeräumt waren, tauschte man Urlaubspläne und Erlebnisse. „ ... habe ich für meinen Thermomix eine spezielle Tasche und nehme ihn mit nach Teneriffa ...", hörte ich einen Gesprächsfetzen in meiner Nachbarschaft. Also auch bei der Bildungselite scheint sich diese Wundermaschine immer mehr durchzusetzen. „ ... Puderzucker, in einer Sekunde ... ", hörte ich weiter. „Eine Sekunde!", wurde mit verbalem Ausrufezeichen wiederholt, was mich an die berühmte Neujahrsrede Steubers erinnert, der in „zehn Minuten" einen voll besetzten Hauptbahnhof zum Münchner Flughafen schicken wollte.

Man kann sich jetzt fragen, ob man im Urlaub auf Teneriffa unbedingt Puderzucker braucht. Nur eine Sekunde aufzuwenden ist schon atemberaubend schnell, allerdings dafür die Maschine mitzuschleppen vielleicht nicht besonders effizient.

Für mich ergibt sich ein Rätsel, das dringend wissenschaftlicher Aufarbeitung bedarf: Warum dauert Kräutersalz doppelt so lange wie Puderzucker?

Die Zeitmaschine gibt es jetzt zu kaufen. Sie ist auch nicht schwer zu finden. Beim nächsten gesellschaftlichen

Ereignis treffen Sie jemanden, der sie zur Zeitmaschinenparty einlädt.

# Mein Trauma

Seit ich denken kann, verfolgen sie mich! Schon meine früheste Kindheit wurde davon überschattet und mein Leben wäre anders, gewiss glücklicher, verlaufen, wenn ich nicht so grausam und unsensibel schon als Kleinkind mit ihnen in Verbindung gekommen wäre. Diese großen, schwarzen oder braunen, narbigen, mit kalten Schlössern und Beschlägen, Bügeln und langen Riemen versehenen H A N D T A S C H E N.

Die erste Handtasche, an die ich mich erinnern kann, war die meiner Großmutter. Sie hatte meist kleinere mit Schnappbügel, glattes oder krokodilhautartig genarbtes Leder, braun, grau oder schwarz. Öfter durfte ich meine Oma zu notwendigen Einkäufen in die Stadt begleiten. Die Konditorei, in der meine Oma sich eine Tasse Kaffee und ein Stück Frankfurter Kranz gönnte, war der krönende Abschluss der Einkäufe. Dann bekam ich eine Tasse Kakao mit einem Sahnehäubchen und immer, wirklich immer, fragte meine Oma mich, bevor sie der Kellnerin zum Bezahlen winkte: „Willst Du einen Bonbon?" Ich habe niemals Nein gesagt und mit verschwörerischer Miene öffnete meine Oma den Schnappverschluss und faltete Ihre kleine Handtasche auf.

Heraus strömte ein Duftgemisch von 4711 und Fenchel- und Eukalyptusbonbons. Der Duft des 4711 kam von dem Spitzentaschentuch, das Oma kräftig getränkt, zusammen mit einigen in grünes Papier eingewickelten Bonbons in einem Seitenfach der Handtasche verstaut hatte. Ich wollte das Bonbon, auch wenn der beißende Geruch des Parfüms eigentlich jeden Geschmack darauf verdarb und, wie ich aus zahlreichen Caféhausbesuchen wusste, bis in den Kern der Bonbons durchschmeckte. Noch heute habe ich, wenn ich nur Wörter wie Fenchel, Bonbon, Handtasche, Konditorei, Café oder 4711 höre oder denke, auch während ich diese Zeilen schreibe, diese Duftkombination in der Nase. Ich wurde für immer geprägt, so, wie man Ratten oder Mäuse in Experimenten durch Stromstöße oder der Dosierung von Futter zu widernatürlichen Handlungen und Verhaltensweisen zwingt.

Handtasche, das hatte natürlich nicht nur mit Oma zu tun. Meine Oma hatte, wie schon erwähnt, kleine oder mittlere Handtaschen. Sie war ja auch eine kleine, zierliche und bescheidene Person. Meine Mutter hingegen bevorzugte die größeren Varianten. Gigantische, formlose Lederbeutel mit Schulterriemen, rot, weiß, blau oder braun, in die man alles, was man hatte, tief versenken konnte und niemals dann fand, wenn man es brauchte.

Als ich vier Jahre alt war, sind wir mit unserem Weltkugelford, meine Eltern und wir vier Kinder, hoch bepackt über den Gotthard in die Schweiz gefahren. Hotels in der Schweiz waren auch damals schon unerschwinglich und wir zelteten.

Warum meine Mutter ausgerechnet auf diese Campingreise ihre goldene Uhr mitnahm, ist uns allen nie richtig klar geworden. Nach einer dieser Etappennächte auf einem Campingplatz, das Zelt und alle Utensilien waren mit viel Mühe wieder im Auto verstaut und wir hatten schon 50 Kilometer zurückgelegt, vermisste meine Mutter ihre goldene Armbanduhr.

Handtasche – nichts, anhalten, Waschbeutel – nichts, Seitenfach Koffer, Seitenfach Reisetasche, das Zelt wurde am Rande einer belebten Hauptstraße entfaltet, um an die eingenähten Seitentaschen zu gelangen – nichts – nichts – nichts. Mein armer Vater räumte mit meinen beiden älteren Brüdern und meiner Schwester das ganze Auto aus. Die Wortwechsel wurden erregter, die Handlungen nervöser und fahriger. Umdrehen, 50 Kilometer zurück zum Campingplatz. „Nein, bedaure, es wurde nichts abgegeben oder gefunden". Waschraum durchsucht, nichts. Wir bildeten eine Kette, um das Gelände, auf dem unser Zelt gestanden hatte, systematisch zu durchkämmen, wobei meinem Vater seine Erfahrungen aus den Russland- und Frankreichfeldzügen zugute kamen – nichts. Nochmals auspacken, nochmals alles systematisch prüfen. Die goldene Uhr, ein Hochzeitsgeschenk meines Vaters an meine Mutter, war verschwunden und der Familiensegen hing gründlich schief.

Bis meine Mutter zu ihrer Handtasche griff und sich durch alle Schichten bis in das untere Sediment vorarbeitete. Dann sagte sie nur „Ich hab' sie." Alle Familienmitglieder sahen meine Mutter wie vom Donner gerührt an. Meine Mutter nahm mich an die Hand, setzte sich langsam in Bewegung und stieg mit mir ins Auto ein. Zornesrot haben meine Geschwister mit meinem Vater unser Gepäck zum dritten Mal an diesem Vormittag eingepackt und wir bogen gegen Mittag vom Campingplatz auf die Hauptstraße ab. Meine Eltern haben an diesem Tag nur noch das Notwendigste miteinander gesprochen.

In der Handtasche meiner Mutter befand sich, neben dem Portemonnaie, allerlei Krimskrams. Kalender in die nie ein Eintrag gemacht wurde, Zigaretten, die sie nicht rauchte, Parfümfläschchen, Taschentücher – aus Papier wie aus Stoff, Lippenstifte, Nagelscheren, Pflasterstreifen, Bonbons, Kekse, Brillen und Pillen, Stifte und Knirps sowie viele andere Dinge, die sich in dem unerforschten Raum am Boden sammelten und deren Notwendigkeit ich, schon wegen des Bruttogewichtes, immer anzweifelte. Immer wenn meine Mutter etwas in ihrer unergründlichen Handtasche suchte, grub sie sich durch mehrere Schichten durch. Niemals hat sie etwas auf Anhieb gefunden.

Und was wurde für die Handtasche, für die Erleichterung der geplagten Frau nicht alles erfunden! Sogar Handtaschen mit Innenbeleuchtung, die, wie beim Kühlschrank, aufflammt, wenn man die Handtasche öffnet! Aber was der Erfinder nicht berücksichtigt hat: Die Frau will das Chaos, das in ihrer Handtasche herrscht, ja nicht noch beleuchtet sehen. Oder gar anderen, die sich neben ihr befinden, Einblick in das Sammelsurium geben. So blieb die Innenbeleuchtung für Handtaschen genauso ein Ladenhüter, wie der Tischhängehaken für die Handtasche, den meine Mutter besaß. Eine gummibelegte Metallplatte mit einem daran befestigten Haken, um die Handtasche an der Tischkante aufzuhängen und griffbereit zu halten. Ich habe diese segensreiche Erfindung, von dem der Erfinder sich sicherlich Millionenumsätze versprochen hatte, als er sie zu Serienreife entwickelte, niemals bei meiner Mutter im Einsatz gesehen, obwohl sie sie stets mitführte.

Nicht einmal, sondern mehrfach sind wir zum Sonntagsausflug in nahe gelegene Ausflugsgebiete gestartet.

Das lief in etwa immer nach folgendem Schema ab: Mit laufendem Motor saßen mein Vater, mein jüngerer Bruder und ich – meine älteren Geschwister wussten, warum sie früh aus dem Haus gegangen waren – im Auto und warteten auf meine Mutter. Nach etwa zehn Minuten hupte mein Vater zumeist drei Mal. Wenn sich dann innerhalb von zwei bis drei Minuten nichts tat, wurden die Hupenstöße länger und in kürzeren Intervallen abgegeben. Meine Mutter erschien, mit Handtasche, den Mantel noch nicht zugeknöpft, und bestieg das Auto. Das war für meinen Bruder und mich das Signal die Köpfe reflexartig einzuziehen. Denn jetzt schleuderte meine Mutter, gleich einer Hammerwerferin bei der Olympiade, ihre Handtasche von vorne über die Rückenlehne zu uns auf die Rückbank. Bei den großformatigen, schweren Taschen war Deckung angesagt. Nicht selten streifte sie dabei den Hut meines Vaters von seinem Kopf.

Im anderen Fall fragte meine Mutter nach einigen Kilometern Fahrt nach hinten „Habt ihr meine Handtasche?" Doch bereits mit der Fragestellung wusste sie, dass die Antwort „Nein" lauten würde. Das löste bei meinem Vater wiederum den Reflex aus, nach der nächsten Wendemöglichkeit zu suchen, um umzudrehen, weil die Handtasche zu Hause vergessen war.

Wenn meine Eltern spazieren gingen, oder gemeinsame Reisen unternahmen, trug mein Vater die Handtasche meiner Mutter, sofern wir Jungs nicht dabei waren. Ich hasste es, den halben Sonntagnachmittag die Handtasche meiner Mutter, die wegen der vielen nutzlosen Gegenstände, die sie enthielt, ziemlich schwer war, hinterherzutragen. Das alles hat sich bei mir zum Syndrom, das in der Fachsprache der Psychologen ja auch Handtaschensyndrom genannt wird, entwickelt.

Es gibt ein Foto meines Vaters am Strand irgendwo an der Nordsee, mit der Handtasche meiner Mutter. Sollte mir das als Vorbild dienen? Gottlob nicht, denn ich gehöre ja zu den 68ern. Wir waren revolutionär, trugen Jeans und lange Haare und die Mädels hatten keine Handtaschen. Bis, ja bis jemand auf die Idee kam, naturlederne Handtaschen in Form einer alten Doktortasche auf den Markt zu bringen. Plötzlich rannten die Mädels, die vorher mit dem, was sie in den Taschen ihrer Jeanshosen mit sich tragen konnten, auskamen, mit diesen unergründlichen und ganze Kubikmeter fassenden Taschen herum und die Kramerei ging los.

Was sich bei mir durch einen langsamen und segensreichen, seelischen Heilungsprozess über Jahre positiv entwickelt hatte, eine erste zaghafte Überwindung der Handtaschenphobie – durch die es mir zeitweise sogar möglich wurde, mich einer Handtasche weniger als drei Meter zu nähern, war mit einem Schlag zunichte gemacht. Eine Freundin nach der anderen entdeckte die unwiderstehliche Anziehungskraft der Handtasche, des mobilen Stauraums.

Eine Ehe kam und zerbrach, danach eine Lebensgefährtin, die abgelegte Handtaschen heimlich in unseren Koffern auf dem Dachboden deponierte – auch diese Verbindung hielt nicht mehr lange. Unsere Tochter, heute zwölf Jahre alt, ist ein hübsches und liebenswertes Geschöpf. Zum zwölften Geburtstag hat sie sich etwas Geld gewünscht. Einige Tage später ist sie in die Stadt gefahren. Und was hat sie sich gekauft? Eine großformatige H A N D T A S C H E! Es muss bei den Frauen in den Genen verankert sein. Mein Therapeut meint, ich müsse mich damit abfinden, er sei deswegen auch in Behandlung.

# Nouvelle Tresor

Auch Sandra, die im zweiten Lehrjahr die Ausbildung zur Industriekauffrau bei Mohr & Mohr absolvierte, war staubbedeckt. Seit drei Wochen waren die Umbauarbeiten im Gange und in jedem Winkel des Unternehmens hatte sich der Staub festgesetzt. Die Handwerker hatten versprochen, alles in zwei Wochen durchzuziehen.

Doch dann tauchten die unvorhergesehenen Probleme auf: Die Elektriker mussten alles Rausreißen, die Klempner kamen verspätet, die Fliesenleger konnten nicht anfangen, bevor die Klempner und die Elektriker nicht fertig waren. Herr Hoffmann, der Prokurist, Leiter des Einkaufs und ewiger Zauderer, konnte seinen Lieblingsspruch „Ich habe das alles kommen sehen" reichlich oft anwenden. Es war für alle belastend. Die ganze Firma war inzwischen zum Provisorium geworden. Die Handwerker brauchten Platz für Baumaterial, die Mitarbeiter mussten zusammenrücken, alle suchten ständig etwas in Umzugskartons, die sich in den Ecken stapelten. Unterlagen in völlig verstaubten Ordnern suchen, dafür hätte man Sandra eigentlich eine Staubzulage zahlen müssen. Dabei machte es Sandra Spaß, im Einkauf zu arbeiten, auch wenn Hoffmann nicht immer einfach war und ständig was zu nörgeln hatte.

Sandra konnte so schnell nichts erschüttern. Doch jetzt war sie am Rande des Nervenzusammenbruchs. Da standen zwei Leute in blauen Overalls vor ihr und wollten wissen, wo der neue Tresor hin soll. Sandra atmete tief durch. Sie wusste, der neue Tresor war bestellt, weil der alte aus der Baustelle raus musste und den modernen Sicherheitsanforderungen nicht mehr entsprach. Aber sie hatte nicht daran gedacht, die Anlieferung wegen der verzögerten Baumaßnahmen zu verschieben. „Sie müssen den Tresor wieder mitnehmen und nächste Woche bringen!" Ratlos sahen sich die beiden Männer an. Natürlich tauchte in diesem Moment Hoffmann auf, putzte sich mit einem mürrischen Blick seine verstaubten Brillengläser und sagte: „Ich habe es alles kommen sehen."

„Wir haben jetzt einen Anschlusstermin in Frankfurt und holen da Tresore ab. Darum müssen wir ihren Tresor von der Ladefläche kriegen, sonst klappt unsere Tour nicht. Das würde teuer für Sie." Beide Männer kratzten sich am Kopf, Sandra war der Verzweiflung nahe, Hoffmann murmelte „Ich hab's alles kommen sehen."

Zu allem Überfluss bog jetzt auch noch Herr Mohr, der Chef, um die Ecke. Herr Mohr war für schnelle Entscheidungen und Pragmatismus bekannt. Nachdem er sich den Sachverhalt hatte schildern lassen, sagte er nur knapp: „Stellt ihn hier neben die Tür zum Lager," und zu den beiden Tresormännern gewandt „könnt Ihr dann irgendwann, wenn wir mal mit den Bauarbeiten fertig werden sollten, nochmal kommen und den Tresor an seinen vorgesehenen Ort umsetzen?" Die Männer nickten, froh, dass sich eine Lösung abzeichnete. „Na bitte," sagte Herr Mohr, „dann haben wir wenigstens was, wo wir die Kaffeemaschine draufstellen können." Herr Mohr zwinkerte Sandra zu und verschwand durch die nächste, mit Folie verhängte Tür. Hoffmann seufzte und setzte sich in die entgegengesetzte Richtung in Bewegung. Sandra fiel ein Stein vom Herzen, dass ihr Chef die Situation so souverän löste und ihr keine Vorwürfe machte.

„Dann fangen wir mal an.", sagte einer der Tresorleute und sie marschierten zu ihrem LKW, um den schweren Tresor an der Laderampe abzuladen.

Zwei Tage danach kam Sandra früh ins Büro. Der Presslufthammer ließ bereits die Wände erzittern. Sie bereitete den Kaffee vor. Als die Kaffeemaschine summte, ging sie ins Lager, um die Lieferscheine des Vortages abzuholen. Schutthaufen war sie in den letzten Wochen reichlich gewohnt. Doch jetzt auch Umbauten im Lager? Oder hatten die Bauarbeiter den Schutt hierher gekippt, weil sie keinen anderen Platz fanden? Als sie mit dem Stapel Lieferscheine zurückkommt, fällt ihr das große Loch in der Wand auf, vor dem der Schuttberg liegt, der gestern noch nicht da war. Ein tiefes, dunkles Loch. Sie blickt hinein. Nanu, da ist doch auf der anderen Seite das Büro, da steht doch der Tresor. Sandras Puls geht schneller, sie öffnet die Tür, schaut ins Büro. Der Tresor steht sauber und unberührt da – scheinbar. Denn über Nacht haben sich Einbrecher durch die Wand in die Rückseite des Tresors gebohrt. Sandra kann es kaum glauben – mit viel Energie eine Wand durchzustemmen, um dann durch die Rückwand in einen leeren Tresor einzubrechen, das ist schon eine Leistung.

Nachdem die Kripo den Fall aufgenommen und den Tresor nach Spuren untersucht hat, die Versicherung verständigt, und die Tresorfirma jemanden zur Begutachtung des Schadens geschickt hatte, war klar: Hier waren Spezialisten am Werk.

„Die Rückseite des Tresors ist nicht so geschützt wie die Frontseite. Wir reparieren das, aber erst wenn wir den Tresor an seinen endgültigen Ort stellen.", schlug der Berater der Tresorfirma vor. „Sie hatten ja Glück, dass noch nichts drin war." Hoffmann hatte wieder mal alles kommen sehen, der Chef war einverstanden und Sandra räumte mit einem Kollegen, den Schutt beiseite. Jetzt freute sie sich aufs Wochenende. Nächste Woche sollten die Bauarbeiten abgeschlossen werden, die Maler hatten schon angefangen.

Montagmorgen, noch etwas müde, betritt Sandra das Büro und steuert auf die Kaffeemaschine auf dem Tresor zu. Totales Chaos. Das ganze Büro ist verwüstet. Erst nach einer Weile erkennt Sandra in den Trümmern die Tür des Tresors. Sie bückt sich und schaut ungläubig in den nun auch vorne kaputten Tresor – und – hinten wieder raus, in den Lagerraum. Diesmal haben Einbrecher den Tresor mit viel Aufwand aufgeschweißt, natürlich ohne zu wissen, dass der Tresor bereits an der Rückwand ein großes Loch hat. Sie muss lachen, stellt sich die dummen Gesichter der Tresorknacker vor, die durch den leeren Tresor in den Lagerraum schauen, dort nur ein paar Umzugskartons sehen.

„Wo haben sie eigentlich das hingepackt, was in den Tresor sollte?", fragte Herr Mohr, nachdem er sich die Bescherung angesehen hatte, Herrn Hoffmann. „Ich habe das alles kommen sehen. Das ist alles im Lager in den Umzugskartons, die sie durch den Tresor sehen können." Hoffmann verzog keine Miene. Herr Mohr, Sandra und die Kripobeamten konnten sich kaum halten vor Lachen.

# Sonntag am Fluss

Mächtig schiebt der Fluss unter der flirrenden Sonne Richtung Dom. Hitzeglocke über der Stadt. Menschen, die die erfrischende Brise am Wasser suchen. Sportler, die fußballspielend sich zubrüllen, die Radfahrer, die sich eine Schneise durch die Spaziergänger und Jogger erklingeln.

Campieren auf Decken und Stühlen. Familienclans, die den Sonntag mit dem halben Hausstand, grillend auf der Wiese zubringen. Rauchfahnen von Holzkohle und Nackenkotelett und Exotischem.

Pärchen, die eng umschlungen, sich küssend, in der Sonne liegen. Das Paar, das unter ihrem weiten Strandkleid, dicht unter der Steilböschung des Ufers Liebe macht.

Kinder, die im Sand buddeln oder, bis zum Bauch im Wasser, versuchen, die Insel zu erreichen.

Hunde, die sich in die Fluten stürzen, mit dem Stöckchen herauskommen und sich in glitzerndem Tropfenregen schütteln, sich balgen und zwischendurch fröhlich in die Wiese scheißen.

Nachbarn, die stehen bleiben, um ein paar Worte zu wechseln „ ... esu jet säht die für mich, ... sajens, wie kann man denn sowat sajen ... wat sajen sie dazu ... ischweiss jarnit wat isch sajen soll."

Pappelblätter rascheln im Wind. Das Motorengeräusch eines holländischen Frachtschiffes mit Auto und Käfig für das Kind auf dem Achterdeck. Ratternd fährt ein Zug über die Südbrücke. Die Polizeisirene auf der Uferstraße drüben. Gut zu wissen, dass die Schickeria die andere Seite im Hafenviertel bevorzugt.

Die Frisbeescheibe, die sie nie lernen wird, in die richtige Richtung zu werfen. Vom Tennisplatz: Plop, Plop – Plop, Plop.

Zornesröte, Wortwechsel, Liebe, Dösen in der Sonne.

Über allem die Erinnerung an den Papst, der über den, wie am Ganges bis zum Bauch im Wasser stehenden, Gläubigen, vom Schiff aus, segnend seine Hände hebt.

So sind sie, die Poller Wiesen.

# Waffeleisen

Sie: Schatz!

Er: Hmmm.

Sie: Schahaatz!

Er: Hmmm!

Sie: Hast Du noch Platz im Koffer?

Er: Bisschen.

Sie: Die Schachtel müsste noch bei Dir rein.

Er: Hmmm. Was'n drin?

Sie: Ein Waffeleisen!

Er: Wie? Du willst tatsächlich ein Waffeleisen mit in den Urlaub nehmen?

Sie: Ja, sicher, brauchen wir doch!

Er: Du schleppst – nein, ICH soll im August, bei 40 Grad ein Waffeleisen in meinem Koffer mit nach Mallorca nehmen? Das ist nicht Dein Ernst!

Sie: Aber ein Waffeleisen ist praktisch!

Er: Was soll im Hochsommer an einem Waffeleisen praktisch sein?

Sie: Sieh mal, dort gibt's doch immer die fettigen Ensaimadas, die uns immer viel zu teuer erscheinen. Mit Waffeln können wir doch viel schöner unseren Nachmittag gestalten, auch wenn wir Besuch bekommen.

Er: Du willst allen Ernstes Teig rühren und wie in der Adventszeit Waffeln backen?

Sie: In der Adventszeit gibt es Lebkuchen und Dominosteine. Waffeln werden immer gerne gegessen.

Er: Am Ende noch mit heißen Kirschen und Puderzucker!

Sie: Habe ich schon im Koffer!

Er: Du nimmst ein Glas Kirschen mit?

Sie: Zwei, wir bekommen doch Besuch. Liebling, hast du das vergessen? Du musst nur das Waffeleisen einpacken – und vergiss die Verlängerungsschnur nicht!

Er: Die werden uns als verdächtig bei der Gepäckkontrolle rauswinken. Wer kommt auf die Idee, ein Waffeleisen und Kirschen im Glas auf eine Flugreise mitzunehmen? Wahrscheinlich denken die, wir haben eine Tellermine dabei.

Sie scherzend: Dann ist es eben illegaler Waffelhandel.

Sie turtelnd: Liebling, Du hast doch noch Platz im Koffer …

Sie umarmt ihn zärtlich und streichelt ihm über den Hinterkopf.

… und die Türstopper müssen auch mit, die waren im Angebot. Die drei Kilo werden wir auch noch verkraften.

Er stöhnt und sagt nur:

„Wir haben einen an der Waffel".

# Der Dom ist verkauft!

Heute früh wurde es bekannt, letzte Nacht hat das Domkapitel den Dom im Rahmen eines Cross-Border-Leasing Geschäftes an ein Konsortium von amerikanischen Investoren einer arabischen Bank und der Stadt Düsseldorf verkauft. Nach einer ersten Pressemitteilung soll für den Dom 4,5 Milliarden Euro bezahlt werden. Er wird uns aber erhalten bleiben, man wird ihn auf 632 Jahre – also so lange, wie bis zu seiner Vollendung an ihm gebaut wurde – zurückleasen.

Es gibt allerdings bei dem Geschäft einen Wermutstropfen. Der Südturm wird komplett abgebaut und in Düsseldorf wiedererrichtet. Die Entscheidung kam auf Druck der arabischen Bank zustande, die mit dem Argument, die neue Moschee habe auch nur einen Turm, und man wolle keinen Wettbewerb der Türme bei religiösen Bauten in Köln. Durch 1 Milliarde Euro, welche die Stadt Düsseldorf als Investor, für den Turm bezahlt haben soll, fiel die Entscheidung leicht. Dem Vorbild der Umbenennung der Kölnarena in LanxessArena folgend, heißt er künftig nicht mehr Kölner Dom, sondern DüsselDom.

Unter strenger Geheimhaltung hat man bereits den Wiederaufbau des Turmes im rechtsrheinischen Düsseldorf geplant. Man will Köln übertreffen und mindestens 700 Jahre daran bauen, um in das Guinnessbuch der Rekorde zu kommen.

Was wir denen nicht sagen: Sie haben mal wieder den Kürzeren gezogen, denn der Südturm ist 7 cm niedriger als der Nordturm. Aber nicht verraten!

# Wir erwarten Henry

## Prolog

Ist es Luft, die mich umgibt? Atme ich? Schwebe ich? Ist es Sein? Ist es Bewusstsein? Hat man mich geweckt? Ich gleite durch Nebel, nein, der Nebel gleitet durch mich. Gibt es noch ein Ich? Alles aufgelöst in Licht. Dieses Licht, nur Licht und neblige Weite. Kein Oben, kein Unten. Nur das schwerelose Gleiten, ohne Zeit, ohne Ziel. Es zieht mich langsam, langsam. Es tut so gut. Das Jenseits tut so gut.

## 1

Renate schwebt, weht durch eine schwerelose Weite. Helle Dunstschleier umschmeicheln sie, ohne sie zu bedrängen. Das Schweben wird zielstrebiger, der Nebel wird zur Wand, dann zum Tunnel. Alles in Licht getaucht, das überall herzukommen scheint. Eine dunstige Wand, die näherkommt. Sie zerteilt sich und gleitet geräuschlos auseinander, um Renate einzulassen, um dann sofort wieder zu schließen, als sie hindurch ist. Ein lichterfüllter Raum, in dem es keine Schatten gibt, schieres Licht – überall. Rund der Raum, nein, wie eine Kugel fast. Nichts, kein Geräusch. Wände aus Dunstschleiern, von diffusem Licht durchflutet.

An einer Wand formt sich eine wattige Bank. Renate fragt sich, was sie hier soll, schwebt zur Bank und lässt sich nieder.

„Hier ist alles in Trance. Zeitlupendasein. Nichts stört, nichts regt auf, nichts bringt mich aus der Ruhe. Ich habe es mir verdient. Die irdischen Dinge sind hier überflüssig. Abgekoppelt. Ohne Bedürfnisse, keine Zwänge. Glücklich. Mit kaum Erinnerungen an die Zeit davor. Wenig Emotionen." Renate schaut sich um, doch in diesem lichterfüllten Raum gibt sonst nichts. Geduldig sitzt sie, meditierend.

Da teilt sich neben der Nebelbank der lichte Schwaden, eine Frau schwebt herein. Wie Renate in weiße, schlanke Wolkenschleier gehüllt, die in ständiger Bewegung sind. Der Frau wehen schwarze Locken um den Kopf, sie dreht sich und betrachtet den Raum, ohne Renate zunächst zu bemerken. Doch dann zuckt sie zusammen, als sie Renate entdeckt. In der Helligkeit ist nur der Kopf zu sehen, weil der umflorte Körper sich kaum von der Wand abhebt. Sekunden schauen sich die beiden Frauen in die Augen. Renate schaut einige Male hilflos zur Seite, die blonden Strähnen fallen ihr ins Gesicht. Dann sagt sie langsam:

„Hier bin ich noch niemandem begegnet, sie sind die Erste, die ich sehe. Sie stören meine Ruhe."

„Dann sind sie noch nicht lange hier ... aber hier verschwimmen Zeit und Raum. Es braucht hier keine Zeit." Durch ihr Gesicht huscht ein ungläubiges Staunen.

„Renate? Bist du denn auch ... ich meine, wieso ... seit wann." Jetzt erkennt auch Renate sie, schüttelt die blonden Strähnen.

„Vera? Die Vera? Wieso treffe ich dich hier. Es ist ja eine Ewigkeit ... ich meine, das war doch abgeschlossen, nachdem ..."

„Du willst sagen, nachdem Henry zu dir zurückkam?" Sie lacht gekünstelt. „Ja, ich auch, gar nicht lange nach dir. Er hatte dann freie Bahn. Der gute Henry hat ja nie was anbrennen lassen. Aber naiv warst du ja immer."

Renates Blick verfinstert sich, an ihrer Nasenwurzel entstehen zwei senkrechte Falten. „Das ist ja wohl die Höhe. Es war nicht immer einfach mit Heinrich, aber ..."

„Heinrich?" Vera lacht schrill „Heinrich? Heißt er wirklich Heinrich? Alle haben ihn nur Henry genannt!" Unwillig schüttelt Renate den Kopf.

„Ja, aber ich kenne ihn ja nun schon, seit wir Teenager waren, und habe ihn bei seinem Taufnamen gerufen."

„Getauft, hahaha, hier spielt das keine Rolle mehr, es gibt nur noch Helligkeit und Trance", stichelt Vera zurück.

„Du solltest dich schämen, so zu sprechen. Geht es uns nicht gut? Fehlt dir hier etwas? Aber du warst ja immer schon eine ..."

„Pass auf, was du sagst, du naives Heimchen am Herd. Dein Henry hat dich betrogen nach Strich und Faden, ausgenutzt und weiß der Himmel ... Und Du hast nichts gemerkt, oder wolltest du es dir nicht eingestehen?" Sie hüstelt verlegen und schaut sich dabei um „Ich meine, er konnte machen und sagen, was er wollte, du hast alles geglaubt und geschwiegen."

Renate schwebt auf sie zu und mit zornbebender Stimme ruft sie: „Verführt hast du ihn, du dreckige, schwarzhaarige Schlam...", ein Blitz zuckt und man hört einen Donner grollen. Renate schwebt zurück und senkt dabei ihren Kopf.

Dann spricht sie langsam weiter: „Nur mich hat er geliebt. Zu mir ist er zurückgekommen. Mein Renchen hat er gesagt, mein Renchen, bei dir bleibe ich. Da warst du abgemeldet. Schließlich war er mit mir verheiratet."

Hahahahah, Vera lacht laut. „Als ob das eine Rolle für ihn gespielt hätte. Leider hast Du nicht begriffen, wie er Dich ausnutzte. Haus immer proper, Hemden gebügelt, Essen auf dem Tisch, sofern er mal da war."

„Er hat schwer gearbeitet und war viel unterwegs. Da muss man einem Mann ein gemütliches Zuhause, einen

Ruhepol bieten. Männer wollen einen Ruhepol, wollen einen sicheren Ankerplatz im Leben. Fünfunddreißig Jahre waren wir verheiratet, bis ich diese schreckliche Diagnose bekam. Dann ging alles sehr schnell und er war bis zu meinem letzten Atemzug an meiner Seite."

„Ja, wenn er eine Pause von seinen Amouren brauchte, dann hat er bei dir wieder Kräfte gesammelt, du warst ja anspruchslos ..." „Nun reicht es aber," Renates Haarspitzen zitterten „Heinrich war ein zärtlicher Liebhaber und hat alles für mich getan."

Vera lacht und wirft dabei ihren Kopf zurück, dass die schwarzen Locken wirbeln. „Er hat dich mit kleinen Aufmerksamkeiten ruhiggestellt. Die großen Aufmerksamkeiten bekamen ..." Vera konnte den Satz nicht beenden, da jetzt wieder die Wolkentür auseinander gleitet und eine weitere Frau mit kastanienbrauner, gemeißelter Frisur hereinschwebt. Sie sieht sich kurz um, blickt Renate und Vera abschätzend an und verharrt dann mit etwas Abstand. Vera und Renate schweben etwas enger zusammen. „Kennst Du die?", flüstert Vera zu Renate. „Ich weiß nicht, irgendwie kommt sie mir bekannt vor, wir sprechen sie mal an." Sie wendet sich an die Kastanienbraune mit der gemeißelten Frisur „Haben wir uns nicht schon mal gesehen? Ich bin mir aber nicht sicher ..."

Die Kastanienbraune dreht den beiden Frauen das Gesicht zu und sagt langsam „Sie sind Renate und Vera, stimmt's?" Die beiden sehen sich verblüfft und unsicher an. „Henry hat mir viel von Ihnen erzählt. Kam immer donnerstags zu mir." „Das kann nicht sein, donnerstags war er auf dem Rückweg von seiner Außendiensttour und ging mit Freunden noch zum Kegeln" wirft Renate ein. „Nach der anstrengenden Woche hat er sich darauf gefreut."

Die Kastanienbraune lacht mit einer melodischen Altstimme. „Halt doch die Klappe.", zischte Vera zu Renate „hast Du denn nichts begriffen? Das ist eine von seinen ..."

„Da sie ja unsere Namen kennen, dürfen wir doch sicher erfahren, wie sie heißen", sagt Vera mit etwas schnippischem Tonfall. „Mein Name ist Liz, ich war viele Jahre mit Henry liiert. Wie gesagt, jeden Donnerstag, manchmal auch zu anderen Anlässen. Er hat mich öfter auch zu Messen mitgenommen."

Renate und Vera sehen sich entsetzt an. „Mir hat er immer erzählt, dass er auf Messen sehr eingespannt ist, und viele Verhandlungen bis in die Nachtstunden hat", beschwert sich Vera. „Jetzt weiß ich, warum er danach Ruhe brauchte."

Renate platzt heraus „Sie sind eine dreckige ...“ Wieder donnert es und ein Blitz zuckt und lässt die Gesichter der Frauen kalkweiß erscheinen, so, dass fast nur noch ihre Frisuren und Augen sichtbar sind. „Sie haben ihn ausgenutzt, verführt, jaaawoll verführt.“

Ruhig antwortet Liz „Henry war ein guter Liebhaber und immer großzügig. Er konnte nie genug kriegen. Einer der interessantesten Männer, die ich je kennengelernt habe. Die Stunden mit ihm waren himmlisch – wenn der Begriff hier erlaubt ist. Und lange getrauert hat er ja um sie beide nicht. Wenn mir dieser blödsinnige Autounfall nicht dazwischen gekommen wäre ...“

Höhnisch lacht Vera und schüttelt ihre schwarze Mähne „Also hat er von Ihnen auch nicht mehr viel gehabt ... geschieht ihnen recht.“ Renate sieht Liz mit blutunterlaufenen Augen an. Liz rauscht heran. Es sieht fast so aus, dass die drei Frauen übereinander herfallen wollen. Doch da öffnet abermals die Wolkentür und eine Gruppe Evastöchter, unterschiedlichen Alters, albern kichernd, schwebt herein. Sie plappern unbekümmert durcheinander und nehmen von Renate, Vera und Liz keine Notiz.

Aus dem Schnattern der Frauengruppe schälen sich Worte und Satzfetzen heraus. Schlüsselwörter hören sich bekannt an. Bis der Name ausgesprochen wird, der die drei Frauen elektrisiert „Henry“.

## 2

Renate, Vera und Liz schauen sich entsetzt an, stecken die Köpfe zusammen und wispern sich etwas zu. Vera, die als erste die Situation erfasst, sagt leise: „Das scheinen One-Night-Stands von Henry zu sein, die schon hier sind. Sagt mal, wisst Ihr eigentlich, wie viel Zeit vergangen ist seit wir – ich meine, wie alt könnte Henry jetzt sein?" Liz und Vera zucken mit den Schultern, schauen sich ratlos an. Dann sagt Liz „Hier verschwimmt die Zeit und wird unwichtig, ich weiß noch nicht einmal, wann ich kam. Die Erinnerungen werden immer nebulöser. Geht euch das auch so?"

Beide nicken und Renate sagt: „Heute ist es das erste Mal, dass ich wieder klare Erinnerungen habe, aber nur, was Henry betrifft. An anderes kann ich mich kaum erinnern." Vera will etwas sagen, aber die schwatzende Frauengruppe wird lauter und sie kreischen und lachen. Wahrscheinlich hat eine der Frauen eine komische Begebenheit erzählt.

Vera ruft jetzt laut: „Kann man denn nicht mal hier seine Ruhe haben?" Plötzlich herrscht bei der Frauengruppe Stille. Die eben noch unbekümmert plappernden Frauen schweigen plötzlich eisig und starren Renate, Vera und Liz an. Dann schält sich aus der Menge eine Frau mit sportlicher Kurzhaarfrisur heraus, geht einen

Schritt vor und ruft ihnen zu. „Hier macht uns keiner Vorschriften. Wer sind sie, dass sie uns maßregeln wollen?" Die um sie herumstehenden Frauen nicken und schauen zustimmend in die Runde, einige raunen sich etwas zu.

„Ich möchte hier mit meinen Freundinnen in Ruhe sprechen können. Da kann man etwas Respekt erwarten. Wer sind sie überhaupt? Wir haben gehört, dass sie Henry kennen?"

Die mit der sportlichen Frisur ruft herüber, wobei sie langsam näher kommt. „Ach, sie hatten also auch was mit ihm!"

Renate stößt zornig hervor „Wie bitte, wir hatten was mit ihm? Ich war fünfunddreißig Jahre mit Henry verheiratet, ich ...", weiter kommt sie nicht, weil die Frauengruppe ein lautes Gelächter anstimmt. Die Sportliche lacht kehlig in ihrer angenehmen Altstimme, kommt näher, umkreist dann schweigend die Dreiergruppe, dabei sieht sie jeder der Frauen abwechselnd forschend, aber überlegen ins Gesicht. Als sie bei Renate ankommt, sagt sie langsam, und so, dass alle Frauen es hören können: „So, so. Verheiratet! Mit Henry! Treu bis in den Tod, was?" Einige Frauen aus der anderen Gruppe lachen, aber die Sportliche sieht strafend hinüber und zischt, sofort tritt Ruhe ein. „Da sind wir ja in einer illustren Runde zusammengekommen. Ihr seid wohl die drei Ehefrauen? Henry verstand es, zu leben. Ich glaube, wir haben ihn alle geliebt. Haben die auserwählten Damen sich schon mal überlegt, warum wir hier alle zusammengekommen sind?"

Verunsichert und eingekreist rücken Renate, Vera und Liz enger zusammen. Die Sportliche geht weiter um sie herum, spricht jetzt schneidend weiter. „Wir sind hier, weil wir Henry erwarten. Auch wenn unser Erinnerungsvermögen nachlässt und alles, was wir erlebt haben, hier nicht mehr wichtig ist. Eins scheint noch zu zählen – Liebe! Ja die Liebe! Nicht das, was wir glauben zu lieben, wenn wir Sex hatten, oder einen Ring geschenkt bekamen" dabei wendet sie Ihr Gesicht zu der Gruppe der anderen Frauen, die gebannt auf ihre Worte lauschen, „Liebe in der Form, die wir die Herzensliebe genannt haben, Liebe, die uns einen Menschen im Herzen verankert. Und das, meine Damen, bringt uns zu dieser Stunde alle zusammen. Da spielt es keine Rolle," und dabei schaut sie Renate durchdringend an, kommt ihrem Gesicht immer näher, „wie lange man verheiratet oder sonst was war. Entscheidend ist das, was wir in uns tragen. Und das," dabei blickt sie wieder zu der Runde der Frauen und macht eine lange Pause, „genau das ist entscheidend. Sonst wären wir nicht hier und würden uns gar nicht an Henry erinnern." Sie schwebt wieder zu den anderen Frauen zurück, die ihr zunicken und leise dabei etwas sagen.

Vera findet jetzt ihre Fassung wieder und sagt laut in die Runde: „Dann muss unser guter Henry ein Genie gewesen sein, wenn er so viele Herzen gewinnen konnte. Charisma hatte er ja." „Ihr meint", fragt Liz jetzt unsicher, „wir haben ihn alle aus tiefstem Herzen geliebt? Und darum sind wir hier zusammen? Heißt das, er ist auch ... er kommt hierher?"

Die Sportliche spricht mit ruhiger Stimme: „Weiß der Himm... ich meine – ich bin mir nicht sicher, aber warum sollten wir sonst hier sein? Wir sind ja nur ein kleines Häufchen. Da gibt es doch noch eine ganze Reihe Frauen, die ihn nicht so geliebt haben wie wir, und nicht alle sind schon hier, die freuen sich noch des sogenannten Lebens. Henry wird kommen, und wir müssen vorbereitet sein."

Zögernd trat Renate vor „Mich wird er als Erste sehen wollen, schließlich war ich mit ihm fünfunddreißig Jahre verh..." Liz und Vera ziehen sie zurück und schütteln dabei den Kopf und rollen dabei die Augen, während die anderen Frauen kichern. „Du hast immer noch nichts begriffen", zischte Liz ihr zu.

„Wir werden ein Spalier bilden und Henry soll uns der Reihe nach begrüßen, dann ist es an ihm, zu entscheiden", sagte die Sportliche. Vera antwortete „Was entscheiden? Wie er hier oben weitermacht? Ist das hier ein Contest? Wir sind hier und bisher kaum jemanden begegnet, nur durch den Äther geschwebt. Wir werden doch jetzt nicht plötzlich nach altem Muster Lebensgemeinschaften gründen oder Henrys Harem sein. Eventuell sind wir nur hier, um ihn zu begrüßen."

„Oder um seine Meinung kennen zu lernen. Wen hat er am meisten geliebt?", sagte Vera nachdenklich. „Vielleicht ist das die Kernfrage und dann rauschen wir wieder ab ins Vergessen." Die Frauen sehen sich ratlos an, einige nicken, andere wiegen unsicher mit dem Kopf. „Eventuell sind das die Herzenspunkte, die zählen. Die größte Übereinstimmung in der Liebe." Wieder nickten sich einige der Frauen zu.

## 3

Das Licht, auf der gegenüberliegenden Seite der Wolkentür wird heller und fängt an zu pulsieren. Erst langsam, dann immer schneller. Die Wand teilt sich unter gleißendem Schein. Die Frauen laufen auf eine Seite und stellen sich in einer Reihe auf, beugen sich abwechselnd vor, blicken Richtung der Öffnung und zappeln voller Erwartung auf der Stelle.

Dann tritt eine lichte Gestalt aus dem gleißenden Licht herein. Großgewachsen, aufrecht. Graue Haare, markante Gesichtszüge, neugierig um sich blickend. Einige der Frauen kreischen, fast alle rufen „Henry, Henry" durcheinander. Die Öffnung in der Wolkenwand schließt sich. Die Frauen rufen, Vera tritt vor, doch Henry schwebt in den Raum und schenkt den Frauen keine Beachtung, ja es ist so, als ob er sie gar nicht sehen könnte.

Die Frauen rufen, sprechen ihn an, Renate schwebt auf ihn zu. „Heinrich, ich bin's, dein Renchen", sagt sie flehentlich, doch er sieht sie nicht. Auch Liz versucht es, ebenso die Sportliche, „Henry, unsere Zeit in der Reha und danach, Elisa, ich bin Elisa, du musst dich doch erinnern, Henry!" Eine noch sehr junge Frau aus der Gruppe ruft mit französischem Akzent „Henry, weißt Du noch, die Anhalterin. Claire! Unsere wunderbaren Tage an der Côte d'Azure."

Keine Reaktion, er sieht sich um, sagt langsam zu sich „So bin ich also hier. Das Unausweichliche. Ich fühle mich so frei und erleichtert, nach Allem. Es ist so ruhig hier. Losgelöst von allem Ballast, meine Angst war unbegründet."

Dann gleitet sanft die Wolkentür auf, drei große Hunde stürmen herein, umkreisen Henry schwanzwedelnd und springen an ihm hoch. Erstaunt und dann lächelnd schaut Henry zu den Hunden herunter, streichelt sie, lässt sich das Gesicht lecken, als sie an ihm hochspringen „Und ihr seid hier meine Schönen, nur Euch habe ich geliebt. Ihr ward meine treuesten Begleiterinnen." Er liebkost sie, streichelt sie am Kopf hinter den Ohren. Tränen laufen ihm über die Wangen. „Euch hätte ich hier nicht erwartet. Euch am Allerwenigsten. Jetzt ist es mir ganz leicht, hier zu sein." Dann geht Henry mit den Hunden durch die Wolkentür und verschwindet. – Es wird dunkel.

# Bestseller

*Tagebuch eines Erfolgsautors*

## 14. Dezember

Lesung unseres Literaturclubs auf dem Weihnachtsbasar St. Johannes. Honorar: eine Tasse Kaffee und ein Stück Christstollen. Wie immer zu viel Lärm, Gewusel und zu wenig aufmerksame Zuhörer. Mitglieder des Literaturclubs meinen, es sei gut gelaufen. Brit hat sechs Stück ihrer Weihnachtslyrik-Kalender verkauft und ist ob des Erfolges begeistert.

PS: Ein Herr hat mir seine Visitenkarte, auf der ein Pferd mit Flügeln zusehen ist, gegeben, er mag meinen Stil, ich soll ihm mal was schicken.

## 8. Januar

Unsere Vorsitzende Yvonne von Wetzenstein ruft an und fragt, warum ich dem Mann, der mir seine Visitenkarte auf dem Weihnachtsbasar gegeben hat, noch keine Leseproben geschickt habe. Sie ist pikiert, weil ich sie nicht darüber informiert habe. Es soll sich um den Cheflektor eines Verlages handeln. Wo habe ich bloß die Visitenkarte?

## 11. Januar

Habe heute einen dicken Umschlag zur Post gegeben. Bin gespannt, wie die beim Verlag reagieren. Yvonne wollte, dass ich die Mitgliederliste und die Vereinsgeschichte des Literaturclubs mitschicke, was ich zugesagt, aber nicht getan habe.

## 13. Januar

Er hat angerufen! Der Cheflektor des bekannten X-Verlages war dran und möchte, dass ich noch diese Woche komme. Besonders mein Roman »Das goldene Huhn« hat ihm gefallen. Muss mir zwei Tage Urlaub nehmen, um hinzufahren. Stella meint, ich bräuchte einen neuen Anzug und sollte vorher zum Friseur.

## 16. Januar

Morgen früh gehe ich zum Verlag, der mir erstaunlicherweise ein Ticket für den ICE und eine Reservierung für ein Zimmer in diesem 5-Sterne-Hotel zugeschickt hat. Jetzt sitze ich hier im Luxushotelzimmer, gleich um die Ecke des Verlages und überlege, wie ich morgen das Gespräch anfange. Werde, entgegen aller Ratschläge, in Jeans und ohne Haarschnitt hingehen. Wenn ich daran denke, wird mir jetzt schon heiß. So viel habe ich noch gar nicht geschrieben! Die Minibar ist heute Abend Tabuzone.

## 17. Januar

Das war ein aufregender Tag. Bin zu müde, um das alles zu schildern. Bin jetzt Autor beim X-Verlag, der im März »Das goldene Huhn« herausbringen wird.

## 18. Januar

Hier im Zug, auf der rasenden Rückfahrt, kann ich meinen Kater langsam verjagen. Kann es kaum glauben! Der Cheflektor hat mich auf das Herzlichste empfangen. Wollte viel von mir wissen; es saß sein ganzes Team dabei. Dann bin ich mit ihm und dem Verleger zum Mittagessen gegangen. Der Verleger hat mir vorgeschlagen, einen Vertrag zu machen, damit mein Buch schnell erscheinen kann. Man fand, mein Erzählstil und meine unverbrauchte Denkweise passten ideal ins Verlagsprofil. Man möchte expandieren und brauche dazu frische Autoren. Nach dem Essen (das erste Mal Hummer) haben wir im Verlag noch lange zusammen gesessen und bei Champagner den Vertrag unterzeichnet.

## 19. Januar

Stella ist begeistert und glücklich. Sie hat ja immer gesagt, ich hätte Talent zu Größerem und mich bestärkt. Ich liebe sie und habe ihr von meinem ersten Vorschussscheck einen kleinen Diamantring und neue Schuhe gekauft.

Kollegen im Büro haben sich über den Champagner gefreut. Hoffmann meint, ich müsse das Geld versteuern und wollte Details zum Vertrag wissen. Was der immer hat ...

## 25. Januar

Der Verlag schickt mir die ersten 100 redigierten Seiten zu, die ich noch mal lesen soll. Die machen das schon richtig, sind ja schließlich Profis. In den nächsten Tagen soll ein Fotograf Aufnahmen von mir machen. Man plant eine Lesereise zur Vorstellung meines Buches und Interviews mit verschiedenen Medien. Da wird mein Jahresurlaub wohl draufgehen. Hoffentlich kriege ich den bei meinem Chef durch.

## 30. Januar

Hätte nie geglaubt, dass eine Fotosession so anstrengend sein kann. 14 Stunden am Stück, Porträts, die hatten sogar einen Maskenbildner (schwul) und zig Anzüge dabei. Am besten haben mir die Aufnahmen am See gefallen, wo ich im Trenchcoat Steine ins Wasser werfe. Meine Haare sind nun kurz, angeblich erwartet das der Leser so.

## 4. Februar

Stella hat mal in die nächsten 100 Seiten hinein geschaut, die heute redigiert vom Verlag gekommen sind. Sie hat Zweifel, dass ich das so geschrieben habe. Kann mich nicht genau erinnern, vor allem tauchen Personen und Namen auf, die nicht von mir sind. Der Cheflektor beruhigt mich am Telefon. Es laufe alles glänzend, man sei kurz davor, mit verschiedenen Literatursendungen Termine abzustimmen. »Das goldene Huhn« wird der Renner. Ein zweiter Vorschuss-Scheck ist unterwegs. Endlich kann ich das Cabrio bestellen, das schon so lange mein Wunschtraum ist!

## 15. Februar

Cheflektor fragt an, warum ich noch keine Freigabe für die bereits 400 fertiggestellten Seiten erteilt habe. Ohne meine Unterschrift können sie nicht weitermachen. Er fordert von mir, was er „zügige Zusammenarbeit" nennt. Habe Freigabe schnell per Fax von der Firma aus geschickt. Kurz danach kamen Interview- und Lesungster-

mine sowie Entwürfe für die Umschlaggestaltung.
Müssen bis morgen bestätigt werden, sonst bricht
Zeitplan zusammen.

Hoffmann meint, ich solle nicht so viel Privates vom
Büro aus machen. Habe Urlaubsantrag für März/April
gestellt.

## 17. Februar

Mein Chef hat mich ins Büro zitiert und gefragt, warum
ich so kurzfristig fünf (!) Wochen Urlaub beantragt habe.
Knurrig hat er unterschrieben, aber danach wieder
vollen Einsatz von mir verlangt. Habe ihm erzählt, dass
im >goldenen Huhn< die Firma gut wegkommt. Muss mit
dem Cheflektor sprechen ...

## 22. Februar

Stella ärgert sich über einige Passagen im Text, ich
streiche die und schreibe neu. Habe mir ein privates
Faxgerät zugelegt und schicke das überarbeitete Manuskript von dem Gerät. Wie man für ein Faxgerät eine
sooo schlecht verständliche Betriebsanleitung veröffent-
lichen kann ... Die sollten mal einen Autor heranlassen,
der mitten im Leben steht!

## 28. Februar

Heute hatte ich den ersten Termin mit Frau Schiwa, die in den nächsten Wochen das persönliche Coaching für mich machen soll. Sie wird für mich Termine koordinieren, macht Sprechproben und Verhaltenstraining mit mir, damit ich in den Literatursendungen gut wirke. Mit Stella hat sie über meine Kleidung gesprochen. Stella mag Frau Schiwa nicht, weil sie aus mir einen völlig anderen Menschen machen will. Frau Schiwa meint, der Leser erwarte es so.

## 8. März

Heute kam ein Paket des Verlages. Die ersten 20 Exemplare meines ersten Buches! Der Einband mit einem Gold geprägten Huhn auf der Titelseite. Ich bin glücklich und lade Stella zum Essen ein. Zwölf Exemplare werde ich an meine Mutter und Freunde senden. Bedanke mich abends telefonisch beim Cheflektor und lasse dem Verleger, der auf einer Japanreise ist, meinen Dank ausrichten. In zwei Wochen sind die Bücher in den Buchhandlungen. Übermorgen die ersten Interviews für die Buchvorbesprechungen. Auf mein Nachfragen entschuldigt sich der Cheflektor für den Aufdruck >Mängelexemplar< an der unteren Kante des Buches. Das wäre ein Versehen.

## 9. März

Stella hat abends, nach unserem Essen im Vapiano, noch etwas im »goldenen Huhn« gelesen. Wir stellen entsetzt fest, dass keine meiner Änderungen übernommen wurde. Außerdem sind Personen und Namen vertauscht, neue Gestalten tauchen auf, die dem Buch einen völlig anderen Charakter geben. Ich beschwere mich beim Cheflektor, der meint, sie hätten im Verlag lange darüber diskutiert und es so stimmiger und lebendiger gefunden. Der Leser erwarte das so und schließlich seien sie Profis, die so etwas täglich machen. Bei der ersten Auflage gäbe es ja immer ein paar Mängel, darum hätten sie ja auch schon den Stempel >Mängelexemplar< aufgebracht. Im Übrigen könne er mir mitteilen, dass die Resonanzen großartig wären und der Vorverkauf bereits alle Erwartungen übertreffe. Ein Termin in der >Literaturkritik< mit Elke Heitmann, müsse zusätzlich in meinen Terminkalender geschoben werden. „Der Verlag hat noch viel mit ihnen vor, also lassen sie uns nur machen", sagt er zum Abschied.

## 15. März

Meine erste Lesung in der Buchhandlung >Eule< mit Signieren meiner Werke. Wenn das meine Mutter sehen könnte, die meine Schreiberei immer als brotlose Kunst angesehen hat. Die Leute standen Schlange! Nachmittags habe ich im Sender ein Interview gegeben, in dem der Redakteur das »Goldene Huhn« überschwänglich gelobt hat. Ich hätte die Leser genau an der richtigen Stelle abgeholt. Mit meinem Debütroman erscheine ein neuer Stern am Literaturhimmel. Heute Abend dann noch mein erster Auftritt im >Literarischen Bankett< der Literatur-sendung, in der Autoren ihre Lieblingsrezepte kochen. Frau Schiwa hat mir zu goldenen Eiern geraten. Hatte ich noch nie gehört, lagen aber im Studio schon vorbereitet auf dem Teller. Man hatte eine Schürze mit meinem Konterfei vorbereitet, die ich Stella schenken werde. Habe lange mit ihr telefoniert. Sie ist stolz auf mich und hat vor Freude geweint.

Das Hotel ist eine Absteige. Anscheinend bin ich dem Verlag nichts mehr Wert. Morgen bin ich in Leipzig auf der Buchmesse.

## 16. März

Bin völlig erschöpft. Kann mich kaum retten vor Fotogra-fen, Journalisten und Empfängen. So viele neue Namen! Habe kurz mit Marcel gesprochen. Morgen ist die Sen-dung mit Elke, die ich auf dem Empfang in der Bastei von weitem gesehen habe. Die steht natürlich im Blitzlicht-gewitter. Frau Schiwa ist hektisch und bringt mir einen neuen Anzug, auf dem auf der Brusttasche ein „goldenes Huhn" aufgestickt ist. Wir bekommen Streit darüber, ob ich bei der Beantwortung der ersten Frage gackern soll. Ich lehne ab, Frau Schiwa hält das für eine gute Idee, weil ich damit dokumentiere, wie sehr ich mich mit dem Inhalt meines Buches identifiziere. Mein Hinweis, dass es sich bei der Figur des Brömmel, der immer gackert, um eine Einfügung des Verlages handelt, die also nicht meiner Feder entspringt, antwortet sie nur, es sei mein Buch, und der Leser wolle das so.

## 17. März

Die nächste Sendung „Syntax, Sensus und Symbiosen" wird über mich berichten und hat heute Filmaufnahmen am Ufer gemacht. Ich musste fast eine Stunde lang Steine ins Wasser werfen und ein „goldenes Huhn" unter dem Arm tragen, „Zeit" und „Spiegel" haben mein Buch rezensiert. Die >Zeit< spricht von einem unverbrauchten Talent, das noch reift. Der >Spiegel< meint, beobachten zu müssen, wie meine weitere Entwicklung ist, schließlich sei das »goldene Huhn« ein Debütroman, dem man, auch wenn die Geschichte viel Schönes hätte, noch die Unsicherheit des Newcomers anmerke. Stella fehlt mir. Sie kommt in diesen Tagen etwas zu kurz, wir können immer nur wenig telefonieren. Hotels werden immer bescheidener. Frau Schiwa meint, es gäbe derzeit nichts Besseres mehr, die Verlage hätten langfristig alles vorbestellt. Habe Hoffmanns Büronummer im Display gesehen, der versucht hat, mich zu erreichen. Den Erbsenzähler kann ich jetzt nicht brauchen. Soll sich lieber um s e i n e Bücher und die Bilanz kümmern!

## 18. März

Elke Heitmann ist arrogant! In letzter Minute kam sie ins Studio und hat mich nicht mal begrüßt. In der Sendung hat sie dann so getan, als ob sie mich seit Jahren kenne und mich mit Vornamen angeredet. Wegen dreier Sätze, wobei sie mir beim letzten Satz noch ins Wort gefallen ist, war das etwas viel Aufwand. Verabschiedet hat sie sich auch nicht. Frau Schiwa meint, ich sei gut rüber gekommen und die Auflagenzahlen würden morgen explodieren.

Stella ist stolz auf mich und hat alle Freunde und Verwandten auf die Sendung aufmerksam gemacht. Vermisse sie sehr.

## 19. März

Besuch auf dem Messestand des Verlages. Cheflektor und Verleger hatten nur kurz Zeit für mich, da sie einen wichtigen Termin mit einem Autor hätten. Sie sind begeistert, wie das Buch geordert wird, und planen eine weitere Auflage. Auf meinen Hinweis auf die nicht autorisierten Änderungen verspricht man mit den Worten „wir kriegen das hin", sich zu kümmern. Im Übrigen sei es Zeit, sich bald über die Vorstellung der nächsten Erscheinung Gedanken zu machen. Wie ich höre, fahren sie anschließend in das erste Haus am Platze zum Essen, anscheinend wohnen sie dort in einer lange vorbestellten Zimmerflucht.

Lasse mich im Schneidersitz auf einem Stapel meiner Bücher fotografieren.

## 12. April

Lesereise in Süddeutschland.

Frau Stöter-Troppenhöfer von unserer Buchhandlung um die Ecke, hat bei Stella angerufen und um eine Lesung gebeten. Stella hat richtig reagiert und die alte Kuh, der unser Literaturclub vor kurzem noch für eine Lesung zu provinziell war, abblitzen lassen.

Manni, mein Kumpel aus der Schulzeit, von dem ich mindestens zwanzig Jahre nichts gehört habe, hat mir einen Brief geschrieben, den Stella mir am Telefon vorliest. Manni war immer ein guter Freund, ist in der Klemme und will ein Darlehen von € 10.000. Stella ist sauer, weil ich es ihm geben will, wir einigen uns darauf, ihm € 5.000 zu geben.

## 28. April

Lesereise in Norddeutschland!

In Hamburg und Umgebung habe ich acht Termine. Es ist schön, mal drei Tage hintereinander in einem Hotel zu sein. Mein Buch ist auf Platz 27 der Bestsellerliste.

Stella zieht heute in unsere neue Penthousewohnung. Hätten wir nie gedacht, leider kann ich sie jetzt kaum unterstützen. Sie hat sich um alles so wunderbar gekümmert und mir den Rücken freigehalten. Im Internet gibt es zahlreiche Blogs, an denen ich teilnehme, um die interessanten Meinungen zu meinem Buch zu diskutieren. Die Stellen, die ich nicht geschrieben habe, werden kontrovers diskutiert. Ich versuche, mich da durchzumogeln.

## 1. Mai

Der Mai ist gekommen. Habe mit Stella einen wunderbaren Abend auf unserer Dachterrasse verbracht. Heute werden wir mit unserem neuen Cabrio fahren und das Wetter genießen. Es liegt ein Haufen Post auf dem neuen Designerschreibtisch und mein E-Mail-Postfach quillt über. Aber heute habe ich keine Lust, am Schreibtisch zu verbringen.

## 2. Mai

Mein Chef ruft an und fragt, wann ich denn wiederkomme. Nehme noch vier Wochen unbezahlten Urlaub. Er ist erstaunlich konziliant, hat mich wohl mehrfach im Fernsehen gesehen, wie er sagt. Schicke ihm ein Exemplar des »goldenen Huhnes« mit Widmung. Hatte ich total vergessen.

## 3. Mai

Verlagsabrechnung. Das kann niemals stimmen. Nach meiner Berechnung müsste mindestens das Doppelte herausspringen. Das Buch hat doch im Laden mehr gekostet. Und was die für Abzüge machen. Hotels, Kleidung, Interviewvorbereitung und Coaching, Rechtsbeistand. Der Cheflektor verbindet mich mit der Buchhaltung. Die erklären mir die Abzüge und das die branchenüblich sei, nach Nettoabgabepreisen für den Handel abzurechnen. Bei der Frage, was denn Abschreibung B-Ware bedeute, bekomme ich die Antwort, es würde von jeder Auflage immer mindestens ein Drittel günstiger verkauft, als der empfohlene Ladenverkaufspreis. Hartnäckiges Nachfragen ergibt, dass es sich um die

Mängelexemplare handelt, die in drei Monaten ver-ramscht werden sollen.

Muss Hoffmann demnächst mal anrufen und um seine Meinung fragen, aber der führt dann stundenlange Diskurse.

## 4. Mai

Die Lokalredaktion unserer Zeitung möchte ein Inter-view und Fotos.

## 5. Mai

Halbe Seite in der Lokalzeitung. Frau Stöter-Troppenhöfer (die blöde Kuh) wird ausführlich zu meinem Werk befragt und erwähnt, dass sie schon immer gewusst hat, dass in mir ein Talent steckt. Dabei nennt sie mich beim Vornamen. Mein Bild und der Kasten mit meinem Interview sind knapp gehalten und gehen in der Darstellung von ihr und ihrer Buchhand-lung als Talentschmiede unter. Yvonne, vom Literatur-club ruft an und fragt, warum ich in dem Zeitungsinter-view kein Wort über den Literaturclub gesagt habe. Im Übrigen sei man etwas enttäuscht, jetzt, wo ich Karriere gemacht habe, käme ich nicht mehr. Schicke Yvonne einen Karton mit signierten Büchern für die Mitglieder des Literaturclubs und verspreche ihr baldiges Erscheinen im Lesezirkel.

## 18. Mai

Nach einer Woche Urlaub auf der griechischen Insel, muss ich nun wieder die Ochsentour durch die Buchhandlungen antreten. Gott sei Dank ist der Medienrummel etwas abgeflaut. Der Cheflektor hat von mir ein Exposé für meinen Anschlussroman namens »Wollmilchsau« bekommen. Habe aber bis auf das Exposé noch keine Zeile geschrieben, obwohl ich mir das für den Urlaub fest vorgenommen hatte. Bitte um weitere Abschlagszahlung beim Verlag, die Möbel für das Penthouse müssen bezahlt werden.

## 22. Mai

Dresden ist eine wunderbare Stadt. Hatte mich auf die Lesung in der Buchhandlung „Buch und Wort" gefreut. Bin total enttäuscht. Warum ist man nicht in der Lage, ordentlich Werbung für meine Lesung zu machen? Drei Zuhörer sind einfach zu wenig. Eine Zuhörerin brachte das Buch eines Autors, mit dem ich eine Namensähnlichkeit habe, mit, weil sie es signiert haben wollte. Einzig Simone, die Mitarbeiterin des Inhabers, ein attraktiver Blondschopf mit süßer Lispelstimme, in der das sächsisch so wunderbar klingt, konnte mich aufheitern. Habe Simone nach der Lesung zum Essen eingeladen, bat sie aber, ihren Chef, der auch mit wollte, abzuwimmeln. Wir hatten viel Spaß und die Enttäuschung war schnell vergessen. Simone ist einfach köstlich und inspiriert mich irgendwie. Es war schon lange nach Mitternacht, als sie mit dem Taxi nach Hause gefahren ist. Sie hat morgen frei und will mit mir nach Meißen fahren, um mir die Stadt zu zeigen.

## 23. Mai

Riesenkrach mit Stella am Telefon. Habe vergessen, sie abends anzurufen. Der Verlag hat per Einschreiben Unterlagen von einem Rechtsanwalt geschickt. Werde ich am Wochenende prüfen. Simone ist einfach süß. Sie weiß so viel und kennt sich sowohl mit Literatur, als auch mit Architektur aus, hat beides studiert. Wir sind in Meißen in eine Buchhandlung gegangen und haben nach meinem Buch gefragt. Hatten ein Exemplar hinten im Regal. Es wäre das erste Mal, dass hier danach gefragt würde. Beim Wein haben Simone und ich lange darüber gelacht. Wir sind uns im Hotel näher gekommen. Stella darf nichts davon erfahren. Simone möchte mehr bei mir sein.

## 26. Mai

Stella schäumt vor Wut über den Verlag. An drei Stellen im »goldenen Huhn« werden Schriftsteller zitiert, ohne zu erwähnen, dass es sich um Zitate handelt. Jetzt habe ich eine Klage am Hals. Die Stellen habe ich nicht geschrieben, sondern wurden vom Verlag eingefügt. Zweimal habe ich Formulierungen gestrichen, das wurde aber ignoriert und unverändert gedruckt. Die Gegenseite verlangt eine Entschädigung von € 78.000,00 zuzüglich Rechtsanwaltsgebühren. Der Cheflektor ist nicht erreichbar. Der Jurist im Verlag meint, dass der Erfolg viele Neider habe, der Verlag aber nicht der Angeklagte wäre, sondern ich. Stella fängt Streit mit mir an, weil ich mich nicht genug gekümmert habe und sie alles immer alleine machen müsse. Mein Hinweis auf unsere schicke Wohnung, das Auto und ihre vielen neuen Schuhe tat sie damit ab, dass sie das alles nicht brauche. Bin ziemlich sauer, so sind die Frauen. Wollen alles nehmen, aber dann ...

## 27. Mai

Mein Arbeitgeber hat mir die fristlose Kündigung geschickt. Sollen mich mal ... Sende in den letzten Tagen viele WhattsApps an Simone und telefoniere abends lange mit ihr, wenn ich um den Block laufe. Stella fragt schon, wer da dauernd Whatts schickt.

## 29. Mai

Stella ist sauer, weil ich wieder weg muss, und zu viel unerledigt auf meinem Schreibtisch liegt. Habe ihr gesagt, dass ich zu einer Lesung und Interview nach Süddeutschland fahre. In Wirklichkeit fahre ich zu Simone nach Dresden.

## 2. Juni

Stella ist bei meiner Rückkunft in heller Aufregung. Das Finanzamt hat einen Steuerbescheid mit einer Voraus-zahlung geschickt. Woher soll ich so viel Geld nehmen? Ich dachte, der Verlag hätte sich darum gekümmert, die wollten mal meine Steuernummer haben. Hoffmann sagt, er habe das schon immer gewusst, ich solle mir schnells-tens einen Steuerberater suchen und keinesfalls selbst mit dem Finanzamt sprechen. Habe sofort einen Steuer-berater aus dem Branchenbuch angerufen und einen Termin bekommen. Er sieht keine Chance, um die Zahlung herumzukommen, will aber versuchen, die Vorauszahlung der Beträge zu verhindern. Simone ist wunderbar und tröstet mich. Vielleicht können wir uns ja am Wochenende sehen.

## 8. Juni

Vom Arbeitsamt bekomme ich nichts, da ich selbstver-
schuldet fristlos entlassen wurde. Der Sachbearbeiter
meinte, mich aus einer Quizsendung im Fernsehen zu
kennen, an der ich nicht teilgenommen habe!

Eigentlich müsste ich schreiben, schreiben, schreiben,
aber mein Kopf ist leer, bei den ganzen Problemen.

## 9. Juni

Der Rechtsanwalt, den ich auf Anraten des Steuerbera-
ters eingeschaltet habe, übernimmt meine Fälle. Sowohl
den Urheberrechtsstreit mit den Zitaten, als auch den
gegen meinen Arbeitgeber wegen der fristlosen Entlas-
sung. In Urheberrechtssachen ist er zwar kein Spezialist,
wollte aber immer schon so einen Rechtsstreit führen. Er
versichert mir, dass er einen Kollegen hat, der ihm
jederzeit beratend zur Seite steht. Zusammen mit dem
Vorschuss für Rechtsanwalt und Steuerberater, sowie die
Zahlung, die sofort an das Finanzamt fällig ist, beläuft
sich das Minus auf meinem Konto – die laufenden Kosten
und Monatsraten für unser Penthouse nicht berücksichtigt – auf € 120.000. Morgen bin ich bei der Bank. Simone
ist so lieb und will mich nächstes Wochenende treffen.

## 10. Juni

Mein Bankberater ist begeistert und lässt sich mein Buch, das er von Zuhause mitgebracht hat, signieren. Er sagt, er habe alle meine Bücher gelesen, der weiß offensichtlich nicht, dass ich erst eins veröffentlicht habe. Wahrscheinlich verwechselt er mich wieder wegen der Namensähnlichkeit zu dem anderen Schriftsteller. Er räumt mir einen großzügigen Dispokredit ein, so dass ich mir keine Sorgen wegen meiner Kreditkartenabrechnung mehr machen muss, die in den nächsten Tagen kommt.

Stella fallen die Zinsen von 18,75 % auf, zu denen man mir den Dispo eingeräumt hat. Das müsse es doch günstiger geben. Ich beruhige sie und bin froh über die Lösung des finanziellen Engpasses. Telefoniere lange mit Simone, wobei ich von meinen ganzen Problemen nichts erzähle. Sie ist so herrlich jung und unbeschwert, da will ich unsere Beziehung durch nichts belasten. Schicke ihr Rosen nach Dresden in die Buchhandlung.

## 11. Juni

Der Verlag schickt mir ein Manuskript zur Kontrolle, das den Titel »Wollmilchsau« trägt. Ich rufe den Cheflektor an und frage, wer meinen Titel und meine Idee geklaut hat und woher sie das haben. Der Cheflektor sagt, es sei von mir zu wenig gekommen, die Buchverkäufe seien eingebrochen und man müsse jetzt schnellstens ein Buch nachschieben. Da habe man, streng angelehnt an mein Expose, schon mal vorgearbeitet. Ich hätte jede Freiheit, meine persönlichen Ideen und Stimmungen einfließen zu lassen und dem Werk meinen Stempel aufzudrücken. Mein Hinweis auf den anhängigen Prozess wegen Urheberrechtsverletzung tut er mit den Worten ab: So etwas erleben wir hier jeden Tag. Das ist, wenn es publik wird, sogar gut fürs Geschäft. Seine PR-Abteilung würde sich darum kümmern.

## 14. Juni

Simone ist so süß und richtig gierig nach mir. Habe mich mit ihr in Berlin getroffen und zwei wunderbare Tage verbracht. Mit ihr habe ich einen Abstecher ins KADEWE gemacht. Da lagen meine Bücher doch tatsächlich zwischen anderen auf dem Wühltisch, gestempelt als Mängelexemplare. Simone, als Buchhändlerin meinte auch, es sei jetzt Zeit für ein neues Buch. Ich habe ihr von der »Wollmilchsau« erzählt und dass ich kurz vor der Veröffentlichung wäre. Simone himmelt mich an. Als sie wieder in den Zug nach Dresden einstieg, hat sie Tränen vergossen. In ihrem knappen Mini sah sie zum Sterben schön aus. Ich hätte sie am liebsten aus dem Zug geholt und wäre wieder mit ihr ins Hotel gefahren, aber ich muss zurück. Stella wird misstrauisch und fragt, warum ich so selten anrufe und wortkarg bin.

## 29. Juni

Die Tochter von meinem Freund Manni ruft mich an und teilt mir mit, dass ihr Vater vor einer Woche beerdigt wurde. In seinem Nachlass fand man den Brief von mir, mit dem ich ihm die Überweisung von € 5.000 angekündigt habe. Er sei Alkoholiker gewesen und ich hätte ihm niemals Geld geben dürfen. Sein Nachlass sei gleich Null und sie habe Mühe, die Beerdigungskosten aufzubringen. Auf die Rückzahlung der € 5.000 sollte ich mir keine Hoffnung machen. Ich sei schuld, dass er sich ins Koma gesoffen habe. Als ich nach seinem Grab frage, legt sie auf.

## 6. Juli

Der Verlag fragt nach dem Manuskript. Suche unter vielen Papieren danach und nehme mir vor, ab morgen daran zu arbeiten. Was glauben die eigentlich, wer sie sind. Ich lasse mir doch keine Manuskripte unterschieben. Ich werde es konsequent neu schreiben. Morgen fange ich an. Simone fragt, ob ich ein verlängertes Wochenende mit ihr verbringen kann. In der Urlaubszeit ist es in den Buchhandlungen ruhiger. Mir fallen schon kaum noch Ausreden für Stella ein, wo ich das Wochenende verbringe.

## 24. Juli

Obwohl ich dem Verlag bereits 20 Seiten zugeschickt habe, erwartet man bis 30. Juli das komplette Manuskript, da sonst die angesetzten Veröffentlichungstermine nicht eingehalten werden können. Mein Steuerberater ruft an und will mich persönlich sprechen. Eine TV-Produktionsgesellschaft möchte, dass ich an dem Sommerquiz „Entspannt im Sand", live von Mallorca übertragen, mitwirke. Man bietet mir € 5.000 als Honorar plus Spesen, wobei das Honorar von allen Stars immer zugunsten der Aktion krebskranker Kinder des Starmoderators Titus Gottwitz gespendet wird. Da diese Spende steuerlich abzugsfähig sei, habe ich einen erheblichen Vorteil. Ich sage zu, verlange aber ein Doppelzimmer und zwei Flugtickets. Simone freut sich schon wahnsinnig.

## 26. Juli

Mein Steuerberater hat mir dringend empfohlen, den Vertrag mit dem Verlag schnellstens wegen Sittenwidrigkeit zu kündigen und mir einen guten Anwalt zu suchen. Nach seiner Einschätzung bekomme ich keinen

Cent mehr von dort. Der Anruf beim Cheflektor verlief nicht gerade entspannt. Er wolle darüber mit seinem Verleger sprechen, ich wisse doch, wie sehr er meine Arbeit schätze. Im Übrigen freue er sich schon auf die Veröffentlichung der »Wollmilchsau«, die ja nun für September terminiert sei. Ich habe darauf hingewiesen, dass ich noch mitten in der Arbeit sei und dieser Termin keinesfalls zu halten wäre. Er meinte, es sähe gar nicht so schlecht aus. Es wäre bereits seitens der Medien und des Handels großes Interesse zu verzeichnen und ich möge doch stärker kooperieren. Von einem sittenwidrigen Vertrag wollte er nichts hören, wir hätten doch in der Vergangenheit gut zusammengearbeitet. Außerdem habe er die Buchhaltung bereits angewiesen, mir einen Vorschuss von € 20.000 für die »Wollmilchsau« auf mein Konto zu überweisen und ob ich schon wüsste, dass es für das »Goldene Huhn« eine Anfrage für eine Verfilmung aus Amerika gäbe. Das Drehbuch müsse natürlich ein Profi schreiben. „Aber das kriegen wir schon hin ... " Ich verabschiedete mich mit dem Hinweis, dass ich für vier Tage auf Mallorca sei und an der Quizsendung „Entspannt im Sand" teilnehme. Ob seine PR-Abteilung davon wisse? „Nein", kam es zögernd von mir, „von mir jedenfalls nicht." Er tobte, warum ich am Verlag vorbei solche Termine wahrnähme, das wäre Vertragsbruch. Schließlich gäbe es für solche Auftritte ein Honorar von mindestens € 10.000, welches dem Verlag zustehe für den Aufwand des Coachings. Mein Hinweis auf die Spende für krebskranke Kinder muss bei ihm einen Ohnmachtsanfall ausgelöst haben. Es war lange still am anderen Ende der Leitung. Dann sagte er nur: „Unsere Rechtsabteilung wird sich darum kümmern".

### 3. August

Simone ist wenige Minuten nach mir am Flughafen Palma angekommen. Mit dem Taxi sind wir in unser Hotel gefahren und im Zimmer direkt übereinander hergefallen. Als wir entspannt und glücklich auf dem Bett liegen, klopft es. Der Zimmerservice draußen sagte, er brächte eine Flasche Champagner mit einem Gruß von Titus Gottwitz. Ich öffne die Tür und stehe nackt vor einem Kellner, hinter dem ein Blitzlicht aufflammt. Geblendet sehe ich nur noch einen Mann mit Fotoapparat weglaufen. Der Kellner gibt mir das Tablett mit dem Champagnerkühler und ist weg. Simone ist eindeutig mit im Bild. Sie sagt, ich solle mir keine Sorgen machen. Ich frage mich, ob der Champagner wirklich von Titus Gottwitz ist. Stella ruft an und sagt, dass sie ein paar Tage zu ihrer Mutter gefahren ist, die es wieder mal mit den

Nerven hat. Sie will morgen die Sendung ansehen. Gehe mit Simone in eine Tapasbar in der Altstadt.

## 4. August

Die Produktionsleiterin ruft vom Hotelfoyer aus an und möchte mich sofort sprechen. Ich gehe runter, weil meine kleine süße Simone noch nichts am Leibe hat. Ich wusste gar nicht, dass man so oft hintereinander kann …

Die Produktionsleiterin macht mich auf eine einstweilige Verfügung aufmerksam, die mein Verlag erwirkt hat. Ohne die Zustimmung des Verlages dürfe ich an der Sendung nicht teilnehmen. Man sei aber bereits in den Vorbereitungen, Titus Gottwitz sei sehr ungehalten darüber. Der Verlag fordere € 10.000 für den Auftritt, ohne eine Spende zu tätigen. Ich beruhige sie und sage, dass es bei unserer Vereinbarung bleibt, mein Vertrag mit dem Verlag sei bereits gekündigt. Simone und ich machen einen Stadtbummel durch die Altstadt von Palma. Die Kreditkarte läuft heiß, brav schleppe ich die Tüten hinter ihr her. Mittags ist dann Probe auf der Bühne, unterhalb der Kathedrale. Titus ist einfach genial und alles läuft wunderbar entspannt. Nach einer Stunde sind wir fertig und ich kann wieder zu Simone ins Hotel.

Die Sendung, wurde zur größten Katastrophe meines Lebens!!! Titus ist dafür berühmt, seine Gäste zu verblüffen. Das ist ihm eindeutig gelungen. Er hat mich und Simone bei unserem Einkaufsbummel heimlich filmen lassen. Die Aufnahmen wurden in der Sendung abgespielt. „Wir haben dich mit deiner bezaubernden Partnerin Simone beim Einkaufen beobachtet", sagt er und schon zeigt er die Filmaufnahmen, wo ich, bepackt wie ein Kuli, zu sehen bin und man dann Simone in den einschlägigen Umkleidekabinen verschwinden sieht. Einmal rolle ich die Augen, als wir in eine weitere Boutique eintreten, wie ich wieder mal meine Kreditkarte zücke. Dann als ich, mit Tüten bepackt, Simone linkisch wie ein verliebter Esel einen Kuss gebe. Ganz Deutschland, und Stella, wissen nun Bescheid!

Ich weiß nicht mehr, wie ich die Sendung zu Ende gebracht habe. Mir wurde von Simone gesagt, dass ich den goldenen Eierlauf mit Sackhüpfen souverän gemeistert hätte und die Zuschauer in der Arena ganz aus dem Häuschen gewesen wären. Auch von den zwanzig goldenen Hühnern hätte ich zwölf zurück in ihren Käfig befördert. Ich war wie im Rausch und kann mich an nichts erinnern. Wie soll das alles bloß enden?

Irgendwie hatte ich das Gefühl, in einer der ersten Reihen saß Hoffmann mit seiner Familie. Der ist tatsächlich auf Mallorca im Urlaub. Aber das ist wie in Trance an mir vorbeigelaufen.

## 5. August

Stella rief mich an und hat mir mitgeteilt, sie habe die gemeinsame Wohnung verlassen. Die Schlüssel fände ich im Briefkasten. Sie hatte schon lange das Gefühl, unsere Ehe laufe aus dem Ruder. Die Möbel habe sie mitgenommen und eingelagert. Sie wohne einstweilen bei Siggi, unserem langjährigen Freund, der sich in den letzten Wochen aufopferungsvoll um sie gekümmert habe. Mein Auftritt mit dieser blonden Schnepfe sei lächerlich gewesen und dass die sicher nicht wisse, wie meine finanzielle Situation sei. Unser Penthouse käme sowieso unter den Hammer, das Auto habe sie mitgenommen und einen Job hätte ich auch nicht mehr. Und mit meiner Schreiberei sei auch kein Geld zu verdienen, man sähe ja, wohin ich damit gekommen sei.

Ich erkläre Simone alles, wie es um mich steht und in welcher Zwickmühle ich mit dem Verlag stecke. Sie will noch heute abreisen und versucht ihren Flug für morgen auf heute umzubuchen.

Der Cheflektor ruft an und fragt kleinlaut, warum ich meinen Rechtsanwalt beauftragt habe, den Vertrag fristlos zu kündigen. Jetzt, wo doch die Verkäufe, aufgrund meines gestrigen, erfolgreichen Fernsehauftrittes, wieder anziehen und alle auf die »Wollmilchsau« warten. Man hätte doch über alles reden können und ob das mein letztes Wort sei. Ich habe nur mit „Ja" geantwortet.

## 23. August

In meinem leeren Penthouse bin ich nicht abgelenkt worden und habe eben die letzten Zeilen der »Wollmilchsau« beendet. Diesmal so, wie ich sie mir vorstelle. Nachdem mein Rechtsanwalt alles in die Hand genommen hat und den Vertrag mit dem X-Verlag gekündigt hat, stehe ich in Verhandlung mit zwei neuen Verlagen. Mit einem fertigen Manuskript kann ich sicher punkten. In der Platin-Presse ist ein Foto von mir und Simone erschienen. Simone sitzt nackt im Bett und macht eine wahrhaft gute Figur. Ich stehe etwas dümmlich dreinschauend mit nichts, als einem kleinen schwarzen Balken über dem, was uns Männern immer wieder in solche Schwierigkeiten bringt, und nehme ein Tablett mit Champagner entgegen. Simone war schon eine Granate. Schade, dass ich seit Palma nichts mehr von ihr gehört habe und die Buchhandlung in Dresden offensichtlich nicht mehr existiert. Mein Anwalt ist begeistert von dem Foto und erzählt mir von seinem Haus in der Nähe von Palma.

## 4. September

Ich bekomme jetzt Hartz IV. Das Penthouse steht vor der Zwangsversteigerung und mein Steuerberater hat mir, als ich ihm den Kontoauszug meiner Bank gezeigt habe, geraten, schnellstens Privatinsolvenz anzumelden.

## 10. Oktober

Die Verhandlungen mit den neuen Verlagen ziehen sich, aber mein Rechtsanwalt hat einen Profi für Medienrecht aufgetan, der seine Arbeit sorgfältig macht.

Wenn ich weiter schreibe, ist auch mein dritter Roman »Größenwahn«, mit biografischen Einschlägen von mir, bald fertig.

## 14. Dezember

Ich wohne inzwischen in einem kleinen Appartement und ernähre mich von Tütensuppen. Heute vor einem Jahr hat mir der Cheflektor seine Visitenkarte überreicht und das Unheil nahm seinen Lauf. Unser Penthouse ist versteigert und hat trotz der schwierigen Immobilien-Konjunktur einen Preis erzielt, der mich mit einem blauen Auge davon kommen lässt. Meine Steuerschulden sind, mit Verrechnung der Verluste, zunächst mal auf Eis, da ich Privatinsolvenz angemeldet habe. Die Bank guckt darum auch in die Röhre. Na, dann kann Weihnachten ja kommen.

## 12. Januar

Mein Rechtsanwalt wünscht mir ein Frohes Neues Jahr und hat die Nachricht für mich, dass wir den Prozess gegen den Verlag gewonnen haben. Es sei aber mit Revision zu rechnen, da das für den Verlag sehr teuer würde. Jetzt sei er aber zuversichtlicher bei den Verhandlungen mit dem neuen Verlag.

## 16. Januar

Der Literaturclub teilt mir schriftlich mit, ich sei auf der Jahreshauptversammlung wegen Nichtzahlung des Jahresbeitrages von € 60 und mangelnder Präsenz mit sofortiger Wirkung aus dem Verein ausgeschlossen.

## 19. Januar

Heute kam ein kleiner rosafarbener Umschlag, der mir an meine neue Adresse nachgeschickt wurde. Simone hat einen russischen Architekturprofessor in Dresden geheiratet. So sind die Frauen!

## 21. Januar

Stella will den Kfz-Brief für das Cabrio, das sie auf eisglatter Straße zu Schrott gefahren hat. Jetzt kassiert sie die Vollkaskosumme!

## 3. März

Der X-Verlag hat einem Vergleich zugestimmt. Abzüglich der Rechtsanwaltskosten bin ich damit auch meine Schulden bei der Bank und der Kreditkartengesellschaft los. Mein Insolvenzverfahren kann beendet werden.

## 7. April

Mein Buch »Wollmilchsau« erscheint nächste Woche. Bis dahin habe ich einen Vorschuss des Y-Verlages, mit dem es jetzt einen sauberen Vertrag gibt, abgelehnt. Für das Buch »Größenwahn« habe ich ebenfalls Zusagen, sofern die Verkäufe der »Wollmilchsau« so laufen, wie wir uns das vorstellen.

## 19. Mai

Die Buchpremiere der »Wollmilchsau« hat alle Erwartungen übertroffen. Die Verkäufe laufen deutlich besser, als bei meinem ersten Buch. Man reißt sich um mich für Interviews, Lesungen und andere Veranstaltungen. Ich nehme in Absprache mit dem Verlag nur das an, was unbedingt notwendig ist und bleibe gelassen. Meine erste Überweisung vom Verlag hat Freude bereitet!

## 31. Juli

Mein Rechtsanwalt hat für mich beim Oberlandesgericht einen Schadensersatz von € 200.000 von der Platin-Presse erstritten. Meine Persönlichkeitsrechte waren durch das Nacktfoto verletzt und es kam dadurch zu erheblichen Einbußen, bis hin zur Kündigung von Verträgen mit dem Verlag. Ich kaufe mir eine heutige Ausgabe der Platin-Presse, in der in einer kleinen Notiz, die wir ebenfalls gerichtlich erstritten haben, darüber berichtet wird. Daneben ein postkartengroßes Foto von einer nackten Simone, wie sie sich mit ihrer ansehnlichen Figur und Oberweite auf einem Bärenfell räkelt. Offensichtlich hat sie sich mit der Platin-Presse geeinigt und macht jetzt auf andere Weise, als mit brotloser Kunst, Karriere. Wenn ich alles rückwirkend betrachte, hat mein Erfahrungsschatz zugenommen. Ich bin entspannt. Mein erstes Buch war ein Huhn, das goldene Eier gelegt hat.

P.S. Hoffmann geht in Rente! War zum Frühstück in der Firma bei einer kleinen Feier anlässlich seines heutigen letzten Arbeitstages.

# Pedro ist tot

*Ein dramatischer Einakter*

Ihr faltiges Gesicht mit der pergamentfarbenen Haut war über Jahrzehnte zu einer Büste des Lebens modelliert. In der sparsam eingerichteten, dunklen Küche sitzt Doña Theresa einsam am Tisch, spricht langsam mit matter Stimme „Mein Pedro! Was war mein Pedro für ein schmucker Caballero! Nie werde ich es vergessen, wie es damals war, als wir uns bei der Fiesta in unserem Dorf kennen gelernt haben. Tanzen wollte er nur mit mir. Ich eine Umbro und er aus der Familie Carillo. Er hatte nur noch Augen für mich. Er, der schönste Mann im Städtchen. Gegen den Widerstand seiner Familie nahm er mich zur Frau. Enterbt, jawohl, enterbt ist er dafür worden. Achtundfünfzig Jahre, ja achtundfünfzig Jahre ist das jetzt her."

Sie rückt sich im Lehnstuhl zurecht, zieht ihr Tuch fester um die Schultern. Dann spricht sie etwas lebhafter weiter.

„Zuerst habe ich gedacht, er sucht nur ein schnelles Abenteuer und mit einer aus der Familie Umbro kommt er schnell zum Zuge. Aber mein Pedro war anders. Er war der schönste und stärkste Mann in der Stadt. Ha – vor ihm hatten sie Respekt!" Schwach schlägt sie dabei mit der flachen Hand auf den Tisch. „Und er hat mich auf Händen getragen. Schon vier Wochen danach haben wir geheiratet. Keiner von seiner Familie war anwesend. Einen Esel, mit einem kleinen Bündel beladen, war alles, was er mitbrachte. Die Großgrundbesitzerfamilie Carillo konnte es nicht verkraften, dass er eine Umbro heiratete. Er hat es allen gezeigt." Wieder schlägt sie auf den Tisch, richtet sich etwas auf und spricht dabei lauter, sinkt zurück in den Stuhl. „Ich hatte doch nichts. Mein Vater früh gestorben, meine Mutter hat uns Kinder durch Kochen bei den reichen Familien durchgebracht. Da fiel immer etwas ab. Wie hätte sie uns sonst bei dem kümmerlichen Lohn durchbringen sollen?

Sie verharrt einen Moment wehmütig, dann spricht sie lebhaft weiter. „Aber Pedro hat das alles nicht interessiert. Er war nicht nur stark und schön, nein, mein Pedro war auch klug. An Verstand hat er es mit allen aufgenommen. Mit mir ist er nach Barcelona gezogen. Studieren wollte er, Advokat wollte er werden. Mein Pedro. Wovon sollen wir ein teures Studium bezahlen, wovon sollen wir leben?", habe ich ihn gefragt. Aber Pedro wusste was er wollte. „Wir schaffen das und dann", Doña Theresa hebt den Arm und streckt dabei müde den Zeigefinger nach oben – „dann werde ich es allen zeigen, hat er nur gesagt."

Matt spricht sie weiter, blickt dabei abwesend ins Leere, sieht Bilder in einer anderen Welt.

„Das Glück war uns hold, wir brauchten ja nicht viel. Ein kleines Zimmer, das wir bei den Borgeses bekamen, reichte uns. Wir waren ja frisch verheiratet und sehr verliebt." Doña Theresa macht eine Pause und lächelt still in sich hinein. Dann spricht sie weiter.

„Der Notar Borgese, ja, das war ein angesehener Mann in Barcelona. Der hatte meinen Pedro ins Herz geschlossen. Ich half im Haushalt und Pedro konnte beim Herrn Notar Borgese in der Kanzlei aushelfen. So konnte er studieren. Bis spät in die Nacht hat er studiert und gearbeitet. Als er es dann geschafft hatte und ein Advocat war, wollte er unbedingt zurück in unser Städtchen. „Pedro", habe ich mehr als einmal gesagt, „Pedro, lass uns hier in Barcelona bleiben. Der alte Borgese hat dir doch angeboten, bei ihm als Advokat zu arbeiten. Wir hätten dort unser Auskommen, in unserem Städtchen wird man uns Steine in den Weg legen. Du, aus der Gutsbesitzerfamilie Carillo und ich aus der armen Familie Umbro. Lass uns hier in Barcelona bleiben, Pedro, denke doch an die Zukunft – und an unsere Kinder! Ja. Kinder wollten wir haben, eine ganze Schar. Pedro war ganz verrückt darauf. Aber nichts." Doña Theresa lässt resignierend den Kopf auf die Brust sinken.

„In all' den Jahren nichts. Ich war eine Taube Nuss. Ich weiß nicht, zu wieviel Ärzten er mich geschleppt hat, wieviel verschiedene Medizinen ich genommen habe, warme und kalte Bäder, Kräutertränke und wieviel Kerzen ich der Madonna angezündet und Rosenkränze ich gebetet habe. Aus Lourdes hat mir Pedro Wasser kommen lassen, wir haben die lange Pilgerreise nach Santiago de Compostela gemacht – alles half nichts – der Kinderwunsch blieb uns verwehrt." Mit müden Fäusten klopft sich Doña Theresa auf den Bauch.

„Wir hätten auch Mühe gehabt, Kinder zu ernähren. Denn in den ersten Jahren war es schwer. So schwer, dass es für uns selbst kaum reichte. Wer konnte damals schon einen Advokaten bezahlen? Rat – ja Rat wollten sie alle haben, aber bezahlen, das wollten und konnten sie nicht. Pedro hatte ein gutes Herz, er ließ sich mit Naturalien bezahlen. Ein Kaninchen hier, ein paar Eier dort, etwas Feuerholz … Geld," sie macht dabei eine wegwerfende Handbewegung „Pah, Geld haben wir nur selten gesehen."

„Und als dann der Grenzstreit zwischen den Berlinis und Pedros Familie kam, wollte er die Berlinis völlig ohne Bezahlung vertreten. Pedro – habe ich gesagt, Pedro lass die Finger von der Sache, das bringt Unglück. Du kannst die Berlinis nicht gegen deine eigene Familie vor Gericht vertreten." Wieder richtet sich Doña Theresa leicht auf, wird lebhafter. „Aber mein Pedro hatte Temperament und wenn er sich einmal etwas in den Kopf gesetzt hatte, dann ist er dabei geblieben. Als er dann den Grenzstreit für die Berlinis gewonnen hatte, dann haben wir endlich Geld gesehen. Aber das reichte auch nur für ein paar Monate." Sie macht eine lange, nachdenkliche Pause.

„In all' den Jahren hat Pedro nur Augen für mich gehabt. Nie ist er ins Café oder die Bodega gegangen. Mein Pedro war ein Mann von Format, der mich abgöttisch geliebt hat."

Es klopft an der verglasten Doppeltür zur Straße. Zaghaft öffnet sich die Tür und ein älterer Mann in schlecht sitzendem, schwarzen Anzug tritt ein, schließt die Tür hinter sich und bleibt, mit einem traurig aussehenden Sträußchen unschlüssig an der Tür stehen. Mit einer zaghaften Verbeugung nähert er sich Doña Theresa, dreht schüchtern und unentschlossen den Strauß in den Händen, hält dabei noch seinen Hut. „Doña Theresa", hebt er langsam zu sprechen an „ich wollte ihnen mein Beileid ..." Ohne ihn anzublicken unterbricht sie ihn und ruft mit keifender Stimme „Dort nebenan, dort liegt er, euer Saufkumpan. Geht und schaut ihn euch an! Totgesoffen hat er sich. Lieber sein Geld in die Bodega getragen und beim Spiel durchgebracht. Ist das eine Art, seine Frau zweimal in der Woche abends alleine sitzen und sich volllaufen zu lassen? Sein Geld beim Kartenspiel durchzubringen? Geht, ja geht nur hinein und schaut ihn euch an! Ich weiß nicht einmal, ob es für eine Grabstelle reicht!"

Der Mann verbeugt sich schnell, legt die Blumen auf den Tisch, geht unter zahlreichen Verbeugungen zögernd zu Schlafzimmertür und verschwindet im Zimmer. Doña Theresa keift weiter, rafft dabei ihr Kräfte zusammen und richtet sich auf.

„Statt uns hier aus dem Drecksloch herauszubringen hat er seine paar Peseten mit Kartenspielen und Wetten durchgebracht. Gesoffen hat er, wie ein Loch! Und ich saß zu Hause und wusste nicht, wie ich die Rechnung vom Lebensmittelladen bezahlen sollte. Schaut ihn euch nur an, so werdet ihr auch enden. Alle!" Dabei schlägt sie wieder mit der geballten Faust auf den Tisch, um dann erschöpft zurück in den Stuhl zu sinken. Einen Moment ist Ruhe und Doña Theresa sitzt mit geschlossenen Augen da.

Es klopft abermals und sofort wird die Tür aufgerissen. Mit einer kleinen Reisetasche tritt eine junge Frau ein, wirft im Vorbeigehen die Tasche auf den nächsten Stuhl und fällt neben dem Stuhl von Doña Theresa auf die Knie. Dabei legt sie den Kopf in Doña Theresas Schoß. „Liebe Tante Theresa, es tut mir so leid", ruft sie laut aus. „Er war ein so wunderbarer Mensch, der immer für alle da war. Sofort, als ich vom Medico angerufen wurde, bin ich hergekommen. Eine schnellere Zugverbindung gab es nicht. Hat er noch sehr leiden müssen?"

Es tritt Stille ein. Langsam legt Doña Theresa ihre Hand auf den Kopf der jungen Frau. „Ja, mein Kind, dich hat er immer geliebt", sagt sie sanft „wie sein eigenes Kind oder seine Enkelin. Dein Großvater, der Notar Borgese, das war ein feiner Mann. Deinen Vater habe ich als kleines Kind immer mit Hühnersuppe gefüttert. So klein und zierlich war er, man musste Angst haben, er zerbricht. Wer hätte damals gedacht, dass er auch mal ein so stattlicher Mann wie dein Großvater werden würde – und so ein angesehener Notario."

Durch die Gardine an der Tür zur Straße sieht man zwei Schatten von Menschen, die davor stehen. Dann geht wieder die Tür zur Straße auf, zwei Männer treten ein, bleiben an der Tür stehen, nicken sich kurz zu, gehen dann zögernd zu Doña Theresa. Dann geben sie erst ihr und dann der jungen Frau stumm die Hand, wobei sie sich verbeugen. Der eine sagt zu der jungen Frau „Es ist schön, Senorita Ines, dass Sie gekommen sind und Doña Theresa beistehen. Sie hat ja sonst niemanden. Schon lange her, seit sie das letzte Mal die Sommerzeit hier bei uns verbracht haben." Senorita Ines nickt nur stumm, steht langsam auf und geht den beiden voraus ins Sterbezimmer. Doña Theresa, die bisher mit geschlossenen Augen wie teilnahmslos dagesessen hatte, fängt wieder zu zetern an.

„Ja, geht nur hinein, schaut ihn euch an. Niemand sieht auch im Tode so stolz aus wie mein Pedro. Sie sollen alle kommen und ihn sich ansehen. Nur mir, mir allein gehört er jetzt. Niemand kann ihn mir jetzt mehr wegnehmen."

Der Mann mit dem Hut kommt wieder aus dem Sterbezimmer, setzt sich schnell den Hut auf und verschwindet auf dem kürzesten Weg eilig durch die Tür zur Straße, während Doña Theresa weiter zetert.

„Ein Säufer war er, ein Hurenbock, das Geld hat er durchgebracht! Aber seine Liebe gehörte nur mir. Er kann jetzt nicht mehr weglaufen. Pedro, du gehörst nur mir, für alle Zeit. Das bist du mir schuldig, nach allem, was wir gemeinsam durchgestanden haben. Niemand, niemand ist von deiner Familie übrig geblieben. Drei Brüder, diese stolzen Brüder, die sogar die Straßenseite gewechselt haben, wenn ich ihnen begegnete – dahingerafft." Doña Theresa ballt die Faust und hält sie unter einem Weinkrampf hoch. „Und die Schwestern, beide Schwestern haben Männer bekommen, die faul und

geldgierig waren. Hatten es nur auf die Mitgift abgese-
hen. Und als die durchgebracht war, waren auch die
Caballeros verschwunden, auf die der Vater so stolz
gewesen ist. Einer nach dem anderen. Nicht einmal ein
gesundes Kind haben sie hinterlassen. Krankheit und
Tod waren ihre Begleiter."

Doña Theresas Stimme wird brüchig und sie sinkt
langsam wieder in sich zusammen. „Bis nicht nur die
Kinder, sondern auch die Mütter, Pedros so anspruchs-
volle und hochnäsige Schwestern, neben ihren Kindern
begraben lagen." Es tritt eine Pause ein, dann schüttelt
Doña Theresa den Kopf und spricht langsam weiter.
„Nicht, dass ich triumphiert hätte, obwohl es Grund
genug gab, denn wie haben sie mich, die ich aus ärmli-
chem Hause kam, geschnitten. Doch Pedro hat immer zu
mir gehalten. Hat, für mich", sie schlägt sich dabei
entkräftet mit der flachen Hand auf die Brust „auf seine
Familie verzichtet. Nicht einmal auf die Beerdigungen ist
er mitgegangen. Aber jedes Jahr hat er am Todestag aller
– für jeden Einzelnen – eine Messe lesen lassen. Und ich
habe dafür gesorgt, dass immer frische Blumen auf den
Gräbern standen. Bis heute."

Eine lange Pause entsteht in der Doña Theresa mit
geschlossenen Augen dasitzt.

„Und jetzt ist er selber dran! Pedro, Pedro, Morgen früh ist es Dein letzter Weg."

Señorita Ines kommt aus dem Sterbezimmer, beugt sich zu ihr herunter und umarmt sie. Dann wischt sie sich mit einem Taschentuch die Augen, geht zum Schrank und kramt nach etwas. Wieder geht die Tür zur Straße auf und eine schwarz verschleierte Frau, in Begleitung von zwei jungen Männern, die jetzt ihre Hüte abnehmen, treten ein. Ines dreht sich erschrocken um und schaut starr zu ihr hinüber. Die Frau zögert kurz, schaut sich im Raum um, bleibt schräg hinter Doña Theresas Stuhl stehen, nickt spärlich mit dem Kopf, geht dann mit den beiden jungen Männern in stolzer Haltung zur Tür des Sterbezimmers. Doña Theresa hat durch nichts verraten, das sie die drei wahrgenommen hat.

Ines, die wie versteinert die Szene vom Küchen-schrank beobachtet hat, stürzt, mit einer Blumenvase in der Hand, zu Doña Theresa, fällt neben ihr auf die Knie und flüstert hastig. „Sie ist gekommen, sie ist hierher gekommen, um Abschied zu nehmen, zusammen mit den beiden Jungen. Stell dir vor, Doña Carmen ist dort drin!"

„Mir, mir alleine gehört er!" ruft Doña Theresa laut, aber kraftlos, so, dass man es auch im Sterbezimmer hören muss. „Nur mir gehört er und nicht dieser, dieser ..." Ines erschrickt und hält sich eine Hand vor den Mund

und ruft dabei aus „Versündige dich nicht, Tante Theresa!" Dann steht sie auf, nimmt die Vase und die Blumen vom Tisch, geht zur Wand an den Wasserkran und lässt Wasser in die Vase laufen, während sie die Blumen sortiert. „Immerhin ist sie aus einer angesehenen Familie", spricht Ines weiter. „Seit damals ihr Mann noch so jung bei einem Jagdunfall starb, war sie schön wie eine Blüte im Morgentau. Wer konnte denn ahnen, wie alles kommen würde. Onkel Pedro hat ihr damals bei dem Erbschaftsstreit zu ihrem Recht verholfen." Ines steckt die Blumen in die Vase, geht zum Tisch und stellt sie dort ab.

„Geldgierig war er und ein Hurenbock." sagt Doña Theresa leise aber bestimmt. „Hat gleich die Gelegenheit für sich genutzt. Zwei uneheliche Bastarde hat er mit ihr gezeugt, aber ich war ja eine taube Nuss, von mir konnte er ja nichts erwarten. Kein Geld, keine Kinder." Zornig schlägt sie mit schwachen Fäusten auf ihren Bauch.

Wieder geht die Tür auf, einige Leute treten zur Tür herein, gehen zu Doña Theresas Stuhl, verbeugen sich, drücken ihr stumm die Hand, die sie kraftlos erwidert. Sie murmeln Beileidsbekundigungen, legen Blumen auf dem Tisch ab und gehen dann nacheinander durch die Tür ins Sterbezimmer.

„Er wollte dir nicht weh tun, liebe Tante Theresa. Für dich wollte er sich nicht scheiden lassen. Du weißt, wie sehr er dich geliebt hat" sagt Ines, während sie weitere Blumen in Krüge, weil keine Vase mehr da ist, stellt. Dann nimmt sie Vase und Krüge und verschwindet damit im Sterbezimmer.

Matt öffnet Doña Theresa die Augen, versucht, sich wieder im Sessel zurechtzurücken. Dann sagt sie leise „Pedro wollte nur mich, er hat MICH geliebt und geachtet. Immer wenn ich Sorgen hatte, wusste er mich aufzuheitern. „Lass mich nur machen," sagte er immer, „lass mich nur machen, mein Schmetterling. Ja Schmetterling hat er zu mir gesagt." sie lächelt dabei verklärt, „immer wenn er mein Schmetterling zu mir gesagt hat, wurden mir die Knie ganz weich. Jetzt liegt er da. Aus mit Schmetterling. Gestern abend stand er hier in der Tür." müde hebt sie dabei den Arm und deutet zur Tür „Ich bin da, mein Schmetterling." hat er nur gesagt, als wäre er nur kurz fort gewesen. Seine Stimme war leise und brüchig. Nichts weiter – nur „Ich bin da, mein Schmetterling."

Senorita Ines erscheint wieder und geht zu ihr. „Meinst du nicht auch, liebe Tante Theresa, es müsste jetzt Frieden einkehren. Bestimmt hat es sich Onkel Pedro so gewünscht."

„Mit wem soll ich wohl Frieden schließen? Das ganze Städtchen weiß um die Geschichte, soll ich etwa klein beigeben? Mit mir ist er verheiratet. Ich bin die Witwe, ich trauere um ihn. Und wo liegt er jetzt tot? In meinem oder in ihrem Haus?"

„Aber er hat zwei wunderbare Söhne, die auch um ihren Vater trauern" antwortet Ines.

„Bastarde sind es, nichts als Bastarde, Kinder der Wollust, nichts weiter" zischelt Doña Theresa jetzt atemlos, während sich die Tür zum Sterbezimmer öffnet und die beiden jungen Männer mit Doña Carmen betroffen herauskommen. Ihnen folgen die anderen Menschen. „Eine Hure ist sie!" ruft Doña Theresa mit letzter Kraft und sinkt dann vornüber. Alle schrecken bei dem Ausruf >Hure< zusammen, halten sich die Hand vor den Mund, blicken sich an und bekreuzigen sich. Doña Theresas Stimme ist jetzt tief und klingt wie aus dem Grab. „Nach fünfzehn Jahren ist er zu mir gekommen, um zu sterben. Hat nur gesagt ‚Ich bin da, mein Schmetterling'. Da habe ich gewusst, dass es zu Ende geht mit ihm. Jawohl, zu mir ist er gekommen um zu sterben und in meinem Haus die Sterbesakramente zu empfangen. Nicht bei ihr, in dem Haus der Sünde." Müde versucht sie, den Arm zu heben und zu Doña Carmen hinüber zu deuten, die regungslos dasteht. „Ich habe gleich nach dem Medico geschickt, der ihm aber nicht mehr helfen konnte. Und als dann der Priester kam, war er schon sehr schwach, konnte kaum noch sprechen, hat nur noch ‚Schmetterling' gemurmelt. Jetzt ist er bei mir und gehört mir, mir ganz alleine."

Alle stehen betroffen und flüstern sich zu, während Ines auf die Knie gesunken ist und ihre Hand hält. Wieder geht die Tür auf und ein Herr im dunklen Anzug und mit Aktenmappe tritt herein. „Doña Theresa," er legt die Aktenmappe auf den Tisch, während er daraus ein Schriftstück zieht, nimmt vor ihr Haltung an, „Ich habe ihnen, Doña Theresa, von dem gestern verstorbenen Pedro Carillo", er setzt sich umständlich die Brille auf, „als seiner rechtmäßigen Ehefrau, das Testament zu verlesen ..." Ines erhebt sich von der im Stuhl zusammengesunkenen und sagt laut und tonlos: „Das können sie sich ersparen Avocado, ich glaube, sie ist tot.", dabei deutet sie auf Doña Theresa. „Lassen sie uns den Priester holen." Alle bekreuzigen sich.

# Migrantenwortwechsel

Sie sind aber nicht von hier!

Wenn der wüsste, dass ich hier geboren bin!

Sie sprechen aber gut Deutsch.

Nach dreißig Jahren könnte das auch ein Esel.

Bei Ihnen ist das ja alles anders.

Ich wohne hier, warum soll das bei mir anders sein?

Sie essen ja mehr Knoblauch …

… und Sie mehr Sauerkraut.

Bei uns kann man in der Küche vom Boden essen.

Wir haben da Tisch und Stühle und sogar Teller.

Bei Ihrem Ramadan verdursten Sie ja tagsüber und dürfen nichts essen.

Und Sie gehen dafür in teure Kurkliniken und nennen das Heilfasten.

Dieser Ruf des Muezzin ist doch sehr störend.

Ja, lass Dich lieber morgens um sieben von Kirchenglocken aus dem Bett läuten.

Bei Ihnen haben die Frauen ja nichts zu sagen und müssen sich unterordnen.

Ich weiß, hier haben die Männer nichts zu sagen.

# Rheinische Apokalypse

*Unter dem Eindruck des japanischen Tsumamis im März 2011 habe ich darüber nachgedacht, was wohl im Rheinland passieren würde, wenn einer der durchaus noch aktiven Vulkane in der Eifel ausbrechen würde. Keine Angst: „Et hät no immer jutjejange!"*

Ein leichtes Vibrieren, ein Zittern meiner Matratze lässt mich sanft vom Schlaf in den Wachzustand gleiten. Habe ich das richtig gespürt? Jetzt wieder, aber begleitet vom leichten Quietschen und Klappern einer Schranktür. – Sekunden Ruhe. Habe ich mir das eingebildet?

Als ich mich im Dämmerlicht des frühen Morgens nochmal im Bett umdrehen will und die Decke um mich ziehe, ein Schlag, der in Vibrationen mündet. Bilder fallen von den Wänden, Bücher purzeln aus dem Regal, die Kleiderschranktür springt auf und langsam senkt sich der Kleiderschrank nach vorne. Bevor er umkippt, bleibt er, gestützt von der offenen Tür, wie ein alter Mann vornübergebeugt stehen. Nebenan höre ich die Gläser in der Vitrine zersplittern. Als ich mich aufrichten will gibt es einen Stoß, der mich aus meinem Bett katapultiert. Es kracht, splittert, knirscht und alles fällt in sich zusammen – Stille. Ich raffe mich auf, vorsichtig im milchigen Grau der Dämmerung um mich spähend. Fällt das Haus zusammen? Was war das bloß?

Ich haste zum Fenster. Schummriges grau und Stille. Das, was einmal meine Gardine war, hängt jetzt als Fetzen an einem Rest der Gardinenstange. Ich reiße es ab, öffne mit Mühe das verkantete Fenster. Jetzt höre ich Schreien und lautes Klagen.

Es ist nicht das Haus, das waren Erdstöße – ein Erdbeben! Hier bei uns im Rheinland! Aber ja, vor einigen Jahren gab es doch schon mal Erdstöße in der Eifel. Und davor auf der holländischen Seite. Aber das hier war mehr. Ich versuche meine Gedanken zu ordnen, als der Boden wieder zu zittern beginnt. Kaum kann ich mich auf den Beinen halten. Ich bin hilflos, weil das, was sonst fest und vertraut ist, plötzlich keinen Halt mehr gibt. Unten auf der Straße hüpfen die parkenden Autos groteske Tänze, vor und zurück, vor und zurück.

Ich will das Licht einschalten, der Strom ist ausgefallen. Panisch beeile ich mich aus dem Haus zu kommen, stolpere, stürze, raffe mich wieder auf und greife mir hastig den Anorak von dem wirren Haufen Mäntel, die von der Garderobe gefallen sind. Es dauert, bis ich die

von verschiedenen Gegenständen blockierte Wohnungs-
tür frei bekomme und bin kurz danach im Pyjama auf der
Straße. Menschen stehen herum, sind verwirrt, diskutieren, haben Schnittwunden, Armbrüche. Sirenen und
Martinshörner heulen. Ich warte nicht vor dem Haus,
weil ich Angst vor herunterfallenden Dachziegeln habe.
Kurz überlege ich, dann sprinte ich nochmal ins Haus,
greife mir ein paar Sachen, ziehe mich an, nehme Schlüssel, Handy, Geld und bin wieder draußen. Ich kann nicht
helfen, laufe die Straße herunter zu der großen Wiese.
Unter freiem Himmel atme ich durch. Inzwischen ist die
Sonne aufgegangen strahlt unschuldig am blauen Himmel.

Einige Nachbarn sitzen auf der Wiese am Rhein, einge-
hüllt in Decken. Still und apathisch kauern sie da, fas-
sungslos. Einer hat ein kleines Radio dabei und wir
stecken die Köpfe darüber zusammen. Die Nachrichten
vermelden einige Erdstöße in der Eifel, die leichte
Gebäudeschäden verursacht haben. Auf der Rheinstrecke
seien Oberleitungen der Bahn beschädigt, weswegen es
zu Störungen im Fahrplan kommen könne. Außerdem
habe es drei Tote durch herabfallende Mauerteile
gegeben. Die Polizei rate, wegen der Gefahr von Nachbe-

ben, die Häuser abzuschließen und sich im Freien aufzuhalten.

Das kann doch nicht sein! Wenn hier die Erdstöße so heftig waren, welche Zerstörungen wurden dann in der Eifel angerichtet?

Gegen Mittag haben wir Wasser und etwas zu Essen organisiert. In der Stadt herrscht Chaos. Die Nachrichten geben erst nach und nach das Ausmaß der Katastrophe wieder. Weite Teile des Rheinlandes sind zertrümmert. In den Städten liegen ganze Straßenzüge verschüttet. Die Hohenzollernbrücke in Köln und die Rheinkniebrücke in Düsseldorf liegen im Rhein. Andere Brücken schwer beschädigt. Bei Remagen soll es einen gigantischen Erdrutsch gegeben haben. Hunderttausende sind obdachlos und stehen nach Lebensmitteln und Notquartieren an. Immer wieder zittert der Boden.

Am frühen Nachmittag wundere ich mich, dass der Rhein immer weniger Wasser führt. Ein rheinaufwärts fahrendes Frachtschiff setzt bei dem Niedrigwasser auf, schlägt quer und treibt, immer wieder aufsetzend, rückwärts den Rhein hinunter. Der Rhein versiegt! Wo bleibt bloß das ganze Wasser?

Die Nachrichten melden, dass der riesige Felsabbruch gegenüber von Remagen in den Rhein gerutscht ist. Inzwischen hat sich ein gewaltiger See gebildet. Sinzig, Andernach und Neuwied sind bereits abgetaucht. Es heißt auch, dass man in Koblenz die Landesgartenschau in zwei Wochen pünktlich eröffnen will.

Am Rheinufer baut das Technische Hilfswerk Zelte auf. Dann hören wir, dass die Felsbarriere den Rhein bei Remagen dauerhaft, wie eine Sperrmauer abdichten wird. Schluss mit unserem Rheinpanorama – vorbei. Aber inzwischen fließt ein neuer Strom durch Mecken-heim, an Zülpich und Düren vorbei, in Richtung Aachen. Aachen am Rhein!

Gerade als ich mich frage, wie meine Zukunft aussehen wird, ein Knall, der mir das Gehör nimmt. Was bisher noch stand, reißt die Druckwelle davon. Ich fliege durch die Luft. Liege verkrümmt an einem Baum. Kann mich nicht bewegen. Schnappe nach Luft. Ein Lichtblitz, nein – ein grelles Licht, heller als die Sonne, steht am Himmel. Nur aus einem Auge sehe ich Beine vorbeilaufen, dann regnet es heiße Asche …

Ende!